夫に烙印を押すとき

私らしく生きるために、耐える妻から卒業しよう

宮崎園子

文芸社

夫に烙印を押すとき

私らしく生きるために、耐える妻から卒業しよう

もくじ

第五章　離婚のススメ——145

プロローグ——この本で伝えたいこと

「主人」に対応する言葉は何だろう。奴隷？　召使い？　犬にとっての飼い主は間違いなく主人だろう。

「それは主人に聞いてみなきゃわからない」

「主人がいいと言ったら……」

妻たちは当たり前のように、こう口にする。「主人」に決めてもらわなければ、妻たちは動くことすらできない。

飼い犬にまで自分を貶《おとし》めて、何も感じないのだろうか。きちんと餌さえあてがわれれば、鎖でつながれていてもいいと思っているのだろうか。犬であることは気楽だ。人間であることより幸せかもしれない。「主人」に従ってさえいれば、家庭に波風が立つこともない。自分さえ我慢していれば、「主人」も子どもたちも幸せ。世間体も悪くない。

「黙って俺についてこい」などと言われて、待ちに待ったプロポーズはこれだと感激する女たち。これを翻訳すれば、「餌は与えてやるからしっぽを振って何でも言うことを聞け」と言っていることに気づかないのだろうか。犬になり下がって、いったい「どこへ」ついていけばいいのだろう。滑稽だ。そして、愚かである。こんな台詞にころりと参り、嬉々として自分の人生を差し出す女がいることが、私には信じられない。もう「主人」と呼ぶのはやめようではないか。妻は犬ではない。「夫」ではなぜいけないのだ。夫にも「女房」などと呼ばせてはいけない。女房は女官である。「家内」などはもってのほか。女は家の中でちまちま男の面倒を見る存在ではない。

いまでは口に出すこともさすがに少なくなっているだろうが、「亭主関白は男の権利」「浮気は男の甲斐性」「黙って俺についてこい」などと思っている男は少なくない。自分の実力はさておき、である。男である、ただそれだけのことで、女には覆せない優位性があると信じている。とりわけ、自分の女、妻に対しては。

こんな男だったら、結婚するのはやめたほうがいい。もし、間違って結婚してしまったら、なるべくはやく捨てたほうがよい。そのほうが、のちのちの我が身のためである。暴力を振るう男、酒乱、浮気性、浪費癖があるような男だったら一秒でも耐えることはない。これらは絶対、なおらない。私が我慢していれば、そのうち目を覚ましてくれるなどと期待するのはお門違いである。そのうち、そのうちと思っている限り、「そのうち」なんて絶対に来ない。そして、いつかあきらめてしまうのだろう。夫の悪癖に対しても、自分の人生に対しても。私もはじめはそれに気づかないでいた。しかし、「そのうち」などと考えている時間があれば、夫と手を切るにはどうしたらよいかをまずは考え、そして行動に移すことだといまは言い切れる。

私は、酒乱で浪費家の「夫」と、二年にわたる泥沼裁判を経て離婚した。すでに「もと夫」である。

酒乱で浪費家であるだけで十分に離婚の理由になるが、私が行動を起こす直接の引き金となったのは「不妊症」である。私のではない。相手に妊娠させる力がなかったのだ。

四〇歳を過ぎてからの不妊治療。これはやってみた人でなければわからないだろう。

肉体的、精神的苦痛は想像を絶する。しかし、私はやりとげた。奇跡的に妊娠することができたのである。

そして、妊娠し子どもを産む過程の中で、「一刻もはやく離婚しなければならない」という決意を固めた。現実を直視する勇気も子どもとともに生まれたのである。

子どもがいるから離婚できないという人がいる。しかし、それは違う。子どもがいるからこそ離婚しなくてはならないのである。「子どもに父親が必要」ということが、家族の絶対的命題ではない。たとえどんな父親でも、父親という存在だけがあればいいのか。子どものために「耐え忍ぶ」ことが、果たして本当に子どものためとなるのか。よく考えてもらいたい。

自分に悪影響を及ぼす男は、子どもにも悪影響を及ぼす。ぐずぐずしている余裕はない。子どもがいないのだったらなおさら、誰のために、何のために「耐え忍ぶ」人生を送らなければならないのか。

夫婦は紙切れ一枚でつながっていることを忘れないでほしい。いつでも、また紙切れ一枚で他人に戻ることができる。離婚するためには、確かにエネルギーが必要だし、時間も要するかもしれない。しかしそのための苦労など、死ぬまで続く苦労から思えば一過性のものだ。いま決心しなければ、夫の飼い犬としての人生に甘んじるしかない。

私は自分の人生を腐らせる前に、「夫」に見切りをつけた。

第一章

◆

こんな夫はいらない

酒癖は死ぬまでなおらない

夫が帰宅する頃、私はいつも布団を引っかぶって寝たふりをしていた。夫は、千鳥足でろれつも回らないほど泥酔しているにもかかわらず、まだ焼酎をラッパ飲みしていた。

「おいっ」

布団にもぐっている私に、夫は怒鳴った。

「寝てなんかいないないいんだろう」

「……」

お見とおしだとでも言いたげに、夫は私のベッドサイドに座った。

「おまえは好きでもないのに俺と結婚したんだ、そうだろう?」

またはじまった。いつもこうだ。毎晩毎晩繰り返される同じ問い。人間は、何度も同じことを繰り返し言われていると、それが真実だと思うようになるようだ。私は、自分が本当に好きでもないのに結婚したのだと自覚しはじめた。

そうだ！　そのとおりだ！

結婚したのは、子どもがほしかったからだ。相手なんか誰でもよかった。自分の子がほしかっただけだ。


私の「夫」は、酒癖の悪さでは天下一品だった。それを承知で結婚したんだろう、と言われるかもしれないが、見合い結婚だったので、結婚してからもしばらくは、それほど酒癖が悪いとは知らなかった。結婚前に「お酒を飲みますか」と聞いても、「たしなむ程度」と答えるのは普通のこと。「私は大酒飲みで、周囲からは酒乱と言われています」と白状するほどこの男もバカではなかったということだろう。

結婚してはじめて夫の会社の同僚たちを紹介されたとき、その中のひとりが私の耳元へ小声でささやいた。

「奥さん、よくこんな男と結婚しましたねぇ。知ってるんですか、大飲ん兵衛で有名だってこと。いつも飲み屋で寝泊まりしてたんですよ。でも結婚してからは帰るようになった。いやぁ変わるもんですね」

知られざる夫の情報を、結婚後にはじめて知らされたのだ。しかしそれでもまだ、そのときは「まさか」と思っていた。

だが、それは間もなく立証されることになる。

夫はしだいに、仕事の打ち合わせと称して飲んで帰る日が多くなった。帰宅時間も当初の十一時頃から、十二時、午前一時、二時と、日を追うごとに遅くなり、一週間のほとんどすべての日、午前一時を回ってから記憶がないほどぐでんぐでんになって帰宅するようになるまで、さほどの日数を要したわけではない。


「何で俺と結婚したんだ。俺が三男坊だからか」

三男坊だということは、勝ち誇れるほどの上等な結婚の条件なのだろうか。ちゃんちゃらおかしい。私はだんだん頭に血が上ってきて、黙っているほうが苦痛になった。ベッドに起き上がると、思い切り夫を罵倒した。

「毎晩飲んだくれて、タクシーで朝帰りして」

酒癖は死ぬまでなおらない

「おまえは飲ん兵衛が嫌いなのか」

「大っっっ嫌い！　大嫌い！　大嫌い！　飲ん兵衛も酒乱もアル中も大っ嫌い！」

「へぇぇぇ～。だったら、それでいいじゃないか」

夫はへらへらとせせら笑った。

私は夫を蹴り飛ばしたい気分だった。泥酔して、首を上下左右にぐるんぐるん回している夫の横っ面を張り倒したい衝動を、ようやく堪えていた。

前後不覚に陥った夫は、いつも終電に乗って終点の駅まで行った。終点で駅員に起こされ、駅改札から放り出されると、決まってタクシーで帰ってきた。あちこちと遠回りし、ときには反対方向に行って戻ったりしながら朝方になってようやく自宅までたどり着き、メーターが数万円になっていることも珍しくない。毎月の生活費が、酒代とタクシー代であっというまに消えていった。

カッとすれば私もついつい言い返すが、泥酔男には何を怒鳴ってみても無駄である。翌日には何ひとつ覚えていないのだから。そのくせ本人は、酒を飲むと朝まで延々と、ありとあらゆる憎まれ口をたたくのだ。

「おまえは上司の中村さんを好きなんだろう。そうだ、それに部下の今西のことばかり考えているし。いや、そうだ、おまえは取引先の東山さんと結婚すればよかったじゃないか。あっちはいまでも、おまえと結婚したがってんだろう?」

支離滅裂に、次々とあげられる仕事関係の男性の名。いちいち反論して言い訳がましい説明をするのもバカバカしい。

「飲むのがなぜ悪いんだよ! えっ! これだって重要な仕事のうちなんだからな。飲んだら記憶がなくなって終点まで行くのは当たり前のことだ。何を偉そうに。もっと口の利き方に注意しろ!」

ろれつの回らない口で、彼はべらべらとしゃべり続けた。手にした焼酎が、べしゃべしゃとズボンの膝にこぼれ、臭いシミをつくっていた。

「ウチに金がないのはな、おまえが無駄遣いするからだ。金遣いの荒い女だ。俺の預金をすっからかんにしやがって。ここを誰の家だと思ってるんだ。俺の家だぞ!」

傍らにあるアイアンで、この男の首をぶっ飛ばしたらどんなにすっきりするだろう。私は、際限なく続く夫の憎まれ口を黙って聞きながら想像していた。

やがて夫は、焼酎のビンを手にしたまま、大イビキをかきはじめた。

聞いているはずもなかった。寝室に酒の臭いが充満している。私は、ぐにゃぐにゃになっている夫を引っ張り上げた。

「あっちへ行ってよ」

「うるせぇな！　行くよ」

私の手を振りほどくと、よろよろと立ち上がり寝室を出ていった。ドアの入口でゲェゲェと吐き下す音がした。それに続いて「うぉぉぉ～」とか、「ひぃぃぃ～」とか、わけのわからない奇声。私は再び布団を頭から引っかぶり、耳をふさいだ。

毎晩繰り返されるこの醜態。結婚するまでは、我が家とは仕事の疲れを取り、癒してくれる安住の地だった。あの頃と比較すると、夫との生活は悪夢のようだった。

外がすっかり白んでしまった。明け方近くになって、少し眠ったようだ。しかし私も時間どおりに出勤しなければならない。私はドアを開け洗面室に向かおうとしたとたん、足元がぬるっとすべって尻もちをついた。足や尻や手にぬるぬるした冷たい感触。そうだ。思い出した。夫が部屋中を汚物だらけにしていたことを。

私は気が狂ったようにパジャマを洗濯機に放り込み、シャワー室に飛び込んだ。「この男と、一生をともにするのは真っ平だ」と心の中で叫んでいた。

こんな生活を毎日送っていたら、誰でも身が持たなくなるに違いない。私はおよそ二か月ごとに胃痙攣と胃潰瘍を繰り返すようになっていた。近いうちにガンになってしまうかもしれない。私は自分の身体が発するSOSを聞きながら、不安を打ち消すことができなかった。

夫は研究職であるためか、就業時間はフレックスになっていた。夫が出勤するのは私よりも遅い。二日酔いのどんな表情で出勤するのか私は知らないが、夫がしらふに戻るのは職場に行ってからである。私は、自分の職場のパソコンから、夫にメールをした。

【あなたには、これまでに何度も酒癖と生活態度の改善をお願いしてきたが、いっこうになおす姿勢も見られないので、私は離婚しようと思う】

メールを読むと、夫は必ず、次のような返信を送ってくる。

【申し訳なかった。十分反省している。酒はつき合い程度にするよう心がける】

そして、その日ははやめに帰宅すると土下座して私に詫びた。

おおかたの妻は、「夫がここまで詫びを入れているのだから、今度ばかりは許そう」などと、すっかりマリアさまになってしまう。そして、きっと改めてくれるに違いないと淡い希望をつなぐのである。しかし、このような悪癖が、「悪かった」のひとことで改まるはずがないのだ。生涯、「悪かった」と言いながら、悪癖を続ける男ならまだマシかもしれない。多くの場合は、「悪かった」が「何が悪いってんだ！」に変わってくる。「何が悪いってんだ！」という台詞を吐きはじめると、暴力を伴うようになるのも時間の問題だ。

ご多分に漏れず、一年も経つと、夫の「申し訳なかった」が「飲むのの何が悪いってんだ」に変わり、「殴るぞ」とすごむようになっていった。

突然、子どもがほしくなった

私は三九歳で結婚した。出産するためにはぎりぎりの年齢だろう。実のところ、子どもを産みたいがために、この年齢になって結婚をあせったのである。子どもはどうしてもほしかった。

本当は夫などなしで、優秀な精子を人工授精してもらいたかった。ところが日本では、未婚であると精子バンクなどを利用することはできない。人工的な施術をしてもらうのは、未婚では困難だ。そうかと言って、私は性行為自体に特別な関心があるわけではないので、行きずりの男と関係を持って妊娠するということは考えられなかった。また、生まれてくる子どもにとっても、戸籍の父親の欄が空白である場合、まだまだ生きにくい現実があるのも確かなことだろう。だから私は「とにかく結婚」という手段を選んだのである。

私は北海道の大学を卒業して、就職のために上京した（その後私が三〇歳くらいのとき、父の退職に伴い両親も上京した）。内定していた就職先は出版社だった。しかし、結果的に一週間でこの仕事は辞めることになった。私のやりたい仕事ではなかったからだ。当時は「大学は出たけれど」などと耳の痛い言葉もはやっていたほど、四年制大学卒の就職が厳しい状況にあった。いまとは違い、卒業して就職せずにいるなど考えられなかったし、もちろん「フリーター」などという言葉もなかった。いさぎよく辞めてしまったはいいけれど、職にあぶれた自分は、とてつもなく落ちこぼれに思えた。履歴書に書ける資格も「車の免許」だけ。

新聞の求人広告欄を見ながら、いつも「経理ができればなぁ」とぼんやり考え込んでいた。経理は業種を選ばない。だからいつもどこの会社でも募集している。

しかしまずは資格を取らなくてはならない。そこで私は、都内の会計事務所で実務をさせてもらいながら、夜は専門学校で税理士資格試験の勉強をする毎日を数年間続けた。試験勉強は長く苦しいものだったが、仲間もできた。何より実務を身に着けていくことが面白くてたまらなかった。

その頃は、結婚の可能性など頭の片隅にもよぎらなかった。人並みに恋愛もしたが、子どもは苦手だったし、結婚して子どもを産む自分なんて想像もできなかったのだ。スペシャリストになって、生涯仕事をしていくのが私の望みだった。不遜にも専業主婦の時代は終わったなどと考えていたのだ。

晴れて資格を取得したときには、それなりに実務も積み、いつ開業してもやっていけるほどの自信があった。しかしほぼ同時に、大手銀行の経理部に入る話をもらい、私は開業するより銀行に勤務するほうを選択した。開業するより安全な道だと思ったからだ。ところが人生とは皮肉なものだ。私が就職した銀行は、それから間もなく経営破綻したのである。「大企業は安全だ」という神話が崩れていく前触れだった。平成の大不況が、波のようにひたひたと押し寄せてきていた。

私は、社員がほとんどいなくなってしまった職場で、インターネットで必死に次の就職先を探した。失業率は五パーセントにも及んでいる。受け入れてくれそうな会社の返事を待つ、歯がゆい日々が続いた。幸いなことに、複数の会社からよい返事をもらうことができた。

私はここで資格の持つ強みを痛感した。

大不況の中でも、資格と実務経験があれば就職先に困ることはない。私はいくぶんうぬぼれ、自信過剰に陥っていたかもしれない。

結局、大手電気会社の子会社に経理課長として入社することになった。近年中に店頭公開する予定の会社で、また新しいスタートを切ることになったのである。

このように順風満帆に見えた仕事であったが、はじめての管理職、店頭公開準備という重責、役員や後継者問題に巻き込まれて、打ち込むうちに疲れを感じるようになっていった。毎朝七時には電車に乗って出社し、退社するのは夜の一〇時を回る。休日出勤も少なくはない。仕事が忙しいだけなら、まだいい。心底うんざりしたのは役職員との人間関係、とりわけ後継者争いだった。

私は、いつか休日だけを楽しみにしている自分に気がついた。休日、職場から離れて、ぶらぶらとスーパーの中を歩く。何がほしいわけでもなく、ただ商品を眺めるだけ。それが唯一のストレス解消法だった。

ある日、私と同世代の女性が、三歳くらいの子どもをショッピングカートに乗せて商品を選んでいた。子どもはしきりに母親に向かって何か言っている。母親も笑いながら答えている。これまでにもよく見かけた風景に過ぎない。

ところが私は、突然どうしようもなく、その親子がねたましくなった。ことさら私に見せつけているわけでもないのに、自分たちが幸せであることを誇示しているようにまで見えたのだ。

「何でそんなに楽しそうなんだ。子どもといるのが、そんなに楽しいのか」

私は縁もゆかりもないその親子に心の中で毒づいた。そうしながらも、私はその親子から目を離すことができなかった。そして、いつしか自分とまだ見ぬ自分の子どもに置き換えて心に描いていた。

〈私も子どもとショッピングカートでスーパーを歩けたら、楽しいだろうか。私の子どもはどんな顔なのだろう、どんな声で私に話しかけるのだろう〉

一度湧き上がってきた子どもへの思いは、もうどうにも止めることができなかった。

上京して仕事に就き、実務を身に着け資格を取り、自分の力を発揮できる職場に恵まれた。これまでの人生にとても満足している。大学を卒業して、すぐに結婚し子どもを育てている同級生とは違った道を歩んできたが、それをうらやましいと思ったことはなかった。私なりに充実した人生を送ってきた。

だがここへ来て、なぜか子どものいる家庭に思いが募る。

すでに四〇歳は目前。これから子どもを産む年齢ではない、と他人は言うだろう。さらにいままで築いてきた仕事はどうするのだ。子どもや家庭を持つ一方で、この仕事をやっていけるのかと自問した。そして、これまで家庭も子どもも持ったことのない私は、簡単に「Ｙｅｓ」の答えを出したのだ。

〈誰だって、仕事と育児を両立させているじゃない。私にできないことではない〉

偶然にも、会社の隣は区の保育園だった。

〈ここに子どもを預けておけば、昼休みだって見に来られるわ。もし、会社が文句を言うんだったら、辞めちゃえばいいのよ。私には資格があるんだし、いつでもまた仕事には復帰できるはず〉

なぜこんな男と結婚したのか

かくして私の心は急速に「子どもがほしい」へと傾いていった。しかし、当然のことながら、その前に「結婚しなければならない」という大きなハードルがある。それには「まず、結婚相手を探す」という面倒な作業から手をつけなければならない。

二〇代の頃は、ただ相手を好きか嫌いかだけで、結婚相手を選ぶことができたように思う。恋愛が結婚の第一条件だった。しかし四〇歳近くなっての、さらに子どもを産むための結婚となると、恋愛より「条件」だった。仕事のこと、親のこと、家のこと。お互いにさまざまな事情があって、それらをどこまで許容できるかで、結婚への第一歩を踏み出せる。それらの条件がクリアできて、さらに相手と恋愛できれば、それは非常にラッキーだ……くらいのものだった。私の結婚作戦は最初に条件の提示をし、その条件に少しでも合致するような相手を探してもらうことからはじまった。

「探してもらう」と言うのも、自分では探して歩くことができない事情があるからだ。

なぜこんな男と結婚したのか

平日は仕事に明け暮れている。休日に趣味の講座にでも通って相手を探せばいい、と思われるかもしれないが、とにかく毎日がくたくたでそんな気力もなかった。

この作戦は成功し、ずいぶん多くの人から、条件に近い相手を紹介してもらうことができた。そのなかで、ひときわ私の目を引いたのは、やがて「もと夫」となる男だった。彼は国立大学を卒業後、大学に残り博士号を取得していた。現在は民間の研究所で環境化学工学などの研究をしている。年収は一〇〇〇万円。ここまででも十分に私には魅力的だった。

自分の仕事とはまったく違う知的な研究職は、十分に尊敬に値した。

さらに好条件だったのは、彼が三男だったことだ。長男・次男はここからはずっと離れた田舎で、両親と一緒に住んでいる。彼の実家は、会社を経営していた両親の時代から地元では名士だった。今は、長兄が父の会社を引き継いでさらに事業を拡大させている。つまり、ふたりの兄たちも両親も非常に裕福だった。だからもし結婚したとしても、私が相手の両親の介護や仕送りなどで頭を悩ますことはないだろう、と私は考えた。

それに子どもができたら、きっと頭がよい子になるに違いない。彼も、兄弟も国立大出なんだし、この遺伝子は優秀に違いない！

これほど好条件の縁談が、この先二度と現れることはないと私は思った。仮に私がもっと若くても、これほどよい縁談はなかっただろうと。彼は再婚だが、前妻は男をつくって出奔したと聞いていた。そのときは、彼は傷ついたに違いないとむしろ同情したものだった。いまは、前妻の出奔理由はそれではないと確信している。

はじめて本人を紹介されたとき、その奇異な容貌といささか暗い表情を、私はほとんど気にしなかった。むしろその「変わった感じ」を、ますます研究職らしい地味な魅力と受け取った。顔は奇妙だけど背も高いし、がっちりした体格だ。私は自分の中で彼のよさをどんどん膨らませ、自分は何と恵まれた女だろうとさえ思ったのである。

彼のほうも私の仕事に興味を持ち、すこぶる感心していた。彼は、「専門職なのだから、辞めないほうがいい。結婚後も、あなたの仕事が続けられるように最大限協力する」と言った。私が専業主婦になるより、仕事をしていくほうがいいと理解を示したのだ。子どもが生まれても、仕事との両立ができるように家事・育児は分担すると。

彼は私より三つ年上だった。年齢的にはまだまだ若い。仕事以外のことは、言葉どおり分担・協力してくれるだろうと、私はすっかり安心した。これで、結婚してもよいという条件がお互いに確認できたと思った。

こんなとき、「もしかしたら、この男は酒癖が悪いかもしれない」などと考える女がいるだろうか。教養もあり、社会的地位もある男が「酒乱かもしれない」などと疑うだろうか。こうして私は、雪崩のように「もと夫」との結婚へと傾いていった。

妊娠するまでの苦難の道――不妊治療

結婚当時の年齢がすでに三九歳。子どもが産めるかどうか不安だ。若いうちであれば、一年や二年は様子を見て、妊娠の兆しがないようであれば医師に検査を依頼するというのが一般的だろう。しかし、妊娠をあせっていた私は、結婚して三日も経たないうちに自分が子どもを産める身体状況にあるかどうか調べてもらった。

地元の産婦人科病院で検査した結果、私には身体的な問題はなかった。どんなに忙しくても、毎朝、基礎体温をつけ、表にして持参した。そして、子宮卵管造影検査。これは子宮に造影剤を注入して子宮内部と卵管内部、卵管出口周辺の様子をレントゲンで撮影するものだ。この検査だけで二日間を要し、造影剤を入れることでかなりの腹痛に見舞われる。次に子宮ガンや子宮筋腫、子宮内膜症の有無についても検査をした。すべて問題なし。ほっと安堵した。

念のため夫も調べてもらった。ところが検査の結果、夫には精子が少なく、このままでは妊娠するのは無理だという宣告を受けたのである。健康な男性の場合、精液一ccの中に六〇〇〇万～一億個の精子があり、この八〇～九〇パーセント以上が元気に動き回れる運動量を持っているのが自然妊娠する条件だそうだ。

主治医は、「精子の大半が死滅しているか奇形だ。またわずかに生存している精子も卵子にたどり着くまでの運動能力を備えていない。まず妊娠することは期待できない」と補足した。夫の精子は一〇パーセント前後。これを造精機能障害／乏精子症と言うらしい。

とんでもなくショックだった。子どもほしさにあせって結婚した結果がこれだ。しかし主治医は、「現代は、不妊治療が進んでいる。人工的な施術によって、多くの方が妊娠・出産している。もし望むのであれば不可能ではない」とつけ加えた。

つまり、人工授精や体外受精、薬物による排卵誘発などを行えば、子どもを望むことができると言う。全国で二八万人を超える人が不妊治療を受けているとも言う。もちろんそれを受けるかどうかは私の決断しだい。

不妊治療。

私に原因がなくてもそれが不妊治療と呼ばれるのは不本意なことであったが、この検査の結果を、そのとおりに夫に報告した。

「結局のところ、おまえが言いたいのは、俺が悪いということなんだろう?」

「医者から説明された事実をそのとおりに報告しているだけよ」

「だからおまえは俺が悪いと言いたいのだ。何でもかんでも俺のせいにしやがって」

「悪いとか悪くないとかを言っているのではなく、医者がそう言っていたとあなたに伝えているだけでしょ」

「うるさい! 同じだ。医者もおまえも俺が悪いと言っている。何をグルになっていやがるんだ。俺を悪者に仕立てたいんなら、勝手にしやがれ」

何という思いやりのない言葉だろう。妊娠の可能性を計る検査は、女にとって非常に痛みを伴うものである。検査のために会社を中抜けしたり早退したりした。勤務先に検査を受けているとは言えなかったので、仕事の時間をやり繰りしながら検査に通った。決して容易な経験ではなかったのである。

それを、夫は私と医者が一緒になって、彼を非難しているだけとしか受け止めないのだ。こんな幼稚な考えしか持てない男だった。

結婚早々から、激しい口論が続いた。最初から意に沿わない結婚というわけではなかったが、何と言っても私にとって結婚の第一目的は子どもを産むことである。ところが、夫には妊娠させる能力がなかった。それがわかったのは、結婚してひと月も経たないうちだった。夫には奇異とも言える容貌のほかに、それほどの欠陥はないと思って嬉々として踏み出した結婚生活だった。しかし、容貌どころではない。私にとって、もっとも重要な部分が欠陥製品だったのである。そのうえ、その頃には夫の酒癖もそろそろ馬脚を現しはじめていた。世間で言う「甘い新婚生活」などというものは、私には三日となかった。

夫と何時間話し合おうが、それは堂々巡りだった。何を言っても、「だから、おまえが言いたいのは、俺が悪いってことなんだよな」と繰り返すばかり。朝まで口論しようとも、その答えは変わらなかった。私は、不妊治療に協力しないのであれば、直ちに結婚を解消すると宣言した。夫は私の決意が固いことを知ると、しぶしぶ「協力する」と返事をした。

産婦人科病院では、すぐに人工授精がはじまった。人工授精では妊娠するのが難しいことはもはや明らかだ。なぜすぐに体外受精をしないのかと、じりじりする思いだった。病院では人工授精を数回試み、それで妊娠しなければ体外受精に切り替えるというマニュアルになっているそうだ。人工授精では妊娠しないことは医師にもすぐにわかったのだろう。人工授精は三回ほどで打ち切られ、いよいよ体外受精の準備がはじまった。

夫は相も変わらず酒に酔って帰ってくる。ある日、帰るなり、「今日、会社の奴から言われた」と不機嫌な声で私に告げた。

「奥さん、不妊治療で病院に通ってるんですってねぇ。そんなことまでして、たいへんですねってさ」

私は、その言葉に激しいショックを受けた。私は近所の人とほとんど話をしたこともなく、まして不妊治療に通っていることなど、誰にも言っていない。誰にも知られたくなかったから、自分の職場にさえ秘密にしていた。だから一瞬、その情報は病院関係者から漏れたのではないかと疑った。

「どうして患者の秘密が漏れるの。病院の誰かが言っているとしか考えられない。そんなことを言い触らす人は訴えたいくらいよ」

私は怒りで声が震えた。

「さぁね、知らないよ、俺は。奴がどうして知ってんのか。ここは狭いところだから、他人の困ってることなんか、面白くてたまんないのさ」

夫はへらへらと笑った。

私は二重にショックだった。不妊治療を受けていることが、夫の会社中に広まって面白半分に噂されている……。そして夫自身も、まるで他人事のような言い種だ。いったい誰のせいで私がこんな不妊治療を受けなければならないと思っているのだろう。

私は夫の職場の、その言い触らしているという人とは面識がない。病院でその人が私を見かけたとしても、私がこの人の妻であることがどうしてわかるのだ。私が不妊治療を受けていることを、いったい誰が言い触らせるだろう。

夫以外に誰がいるだろう。夫が面白おかしく職場で話しているのだろうか。

噂の標的にされて、地元の産婦人科に行く気になれなくなった。私は職場近くの大学病院に転院することにした。

この大学病院でも、重複する検査が行われた。排卵は月に一回しかない。つまり一年にわずかに一二回。一年経つと、また一つ歳を取ってしまう。一か月、一か月がとてつもなく貴重だった。だから病院を変わったせいで、同じ検査を何度もしなければならないのは、じりじりする思いだった。

大学病院の検査結果もまったく同じだった。それはそうだろう。検査などしなくても、すでにわかっていることだ。

大学病院らしく、検査結果の詳細な数値を実際に見せながら、主治医は言った。

「前の病院でも言われたと思いますが、確かに精子が少なく妊娠は無理です。高度な先進医療による治療、つまり体外受精ですが、それを望みますか？　それには副作用のあるきつい薬を使ったり、非常に痛みを伴ったりすることもありますが」

たとえ薬の副作用や痛みを伴う治療であっても、子どもを産むという可能性に挑戦したいと私は思っていた。ためらわず、そうしてほしいと主治医に答えた。

夫には後日、担当医師から直接、検査の結果及び薬の副作用・妊娠する可能性などを説明してもらった。主治医は夫に言った。

「酒を飲むなと言うと、それがかえってストレスになるかもしれませんから、飲むなとは言いませんが、本当は飲まないに越したことはありません」

「ストレスのほうがよくないだろう」

夫は、即座に酒を飲むことを正当化して言った。酒をやめる気などさらさらない。

前の病院から今度の大学病院へと引き継がれた検査や治療の苦痛で、私は心身ともに疲労していた。夫が通院に協力をしてくれることなど望むべくもない。私は病院の沿線に住む実家の両親にこの苦境を打ち明け、治療に通うための協力を頼んだ。

私の母は、この状況を聞いて非常に驚いた。そうしなければ子どもが望めないことには落胆していたが、こんなことまでして子どもを望まなくてもいいという思いもあったようだ。両親に手数をかけることは、私にとっても非常につらいことだった。けれど、どうしても実家の援助が必要だったのだ。

治療のための通院は、昼休みを利用したり、口実をつくって会社を中抜けしたりしながら続けていた。母には朝一番で病院の受付をしてもらい、順番待ちをしてもらうことになった。また夫から採取した精子を病院に届けてもらうこともあった。これで、病院に寄ってから出勤するという時間的なロスが少なくなった。父には、駅まで母を送り迎えしてもらったり、私の家の諸経費の支払いをしてもらったり、多方面で助力してもらった。

夫には、私の両親が力を貸してくれていることを伝えた。夫は仏頂面をしたまま黙っていた。

〈俺の恥を、親に告げ口するのか〉

このとき夫がそう思っていたことを、私はずいぶんあとになるまで知らなかった。

不妊治療の効果は思うようには出ず、私はなかなか妊娠しなかった。妊娠しないあせりと疲労は、私だけでなく母にも影響を及ぼしてきていた。母も疲れている。母が「これからどうなるのか話を聞きたい」と言うので、一緒に主治医の話を聞くことにした。

「効果が出ないので、もっとも強力な不妊治療薬を使ってみます。これは作用も強烈ですが副作用も強烈で、人によっては血圧の低下をまねいたり、血液凝固能が亢進し、血管内で血栓を起こしやすくなります。ひいては脳梗塞や心筋梗塞、肺梗塞などの生死に関わる大事に至ることもあります」

主治医は、慎重に薬の危険性を説明した。どうしても妊娠したければ打つ手はこれしかないと考えているようだった。

いまならまだ頑張れると思う。あきらめるのはまだはやい。

「お願いします。できるだけのことはしてください」

「このような重大な副作用が出るときは、兆候が現れるので、毎回、十分な観察をしていきます。ですから極度に恐れることはないと思います」

医師は答えた。

母は、言った。

「そんなにしてまで子どもを産まなくてもいいじゃない。おとうさんもおかあさんも、孫がほしいなんて考えてないから。自分の身体のほうが大事でしょ?」

「いまの医学の進歩に賭けてみようと思う。後悔はしたくないから」

私の決心が固いことを知ると、母は結局はできる限り協力すると約束してくれた。

治療は最終段階の体外受精・顕微授精に移っていた。病院に行く回数も増え、一回の治療時間も長くなり、治療と仕事と家事を両立させることが難しくなってきた。体力ばかりでなく、精神的にももう限界である。私はついに仕事を辞める決心をした。いまの私にとって何を最優先させるべきだろうと考えたら、答えは「子どもを産むこと」だったのだ。

「もう体力的に限界。仕事中の中抜けもこんなに長い時間できないし、会社を辞めようと思う」

この決心を伝えたとき、夫はこう言った。

「違うだろ。上司が辞めるから、辞めたくなったんだろう。わかってんだよ、俺には。おまえがあいつを好きだってことは」

私は心底腹立たしかった。日頃から、私と私の上司との仲を疑い、ことあるごとに嫌味を言ってやろうという気持ちで頭がいっぱいなのだ。この男には、妻への思いやりなどひとかけらもない。こんな奴から精子の提供を受けなければならない自分も、本当に情けない。

注射に通う回数も多くなった。治療は想像していたより痛みがひどい。毎日、病院へ通って腕に筋肉注射をされる。これは体験した人でないとわからないだろう。想像を絶するほど痛い。これから先、このような治療がずっと続くのかと思うと、身体のほうが心配になってきた。

体外受精させるためには、卵巣に穴を開けて採卵する。麻酔をかけるが、それでも歯を食いしばっても脂汗が出るほどの痛みである。入院して全身麻酔で採卵してもらう人も多いようだが、そうなると医療費も跳ね上がるし、毎月全身麻酔をかけるというのも身体のためにはよくない。私は痛みに耐えた。それでも結果は芳しくない。なかなか妊娠することができなかった。

不妊治療でうつ状態になる人が多いと聞くが、本当にそのとおりだと思う。毎月、妊娠しなかったことが判明するたび、失意のどん底に落とされる。そして、うつうつとした気分になってしまう。仕事も辞め、子どももできず、身体に治療の傷だけが残ったら……。そう考えるとつらくてたまらなかった。

体外受精には、受精卵を複数個、病院に保存しておくことができるという大きなメリットがある。身体のコンディションが最適になったところで受精卵を子宮に戻すわけで、妊娠そのものは極端な言い方をすると、夫がまったく介入しなくても可能である。だから、夫がぐでんぐでんになって帰ろうが、朝帰りしようが、私にはいっこうに関係ないし、関心もない。

と言うことは、夫以外の人から精子の提供を受けても、出産するまではわからないのである。いや、出産しても調べなければわからないことだろう。私は、医学の進歩に、法律がついていけない現状を実感していた。もし、夫の精子でどうしても妊娠しない場合は……。

平成一二年の暮れ、大学病院から待望の妊娠を告げられた。私にとっては「やっと」の妊娠だったが、医師は思ったよりはやく妊娠したと心底驚いていた。この年齢にしては奇跡的だとも言われた。

「あなたが健康だったからでしょう。よかったですね」

四〇歳が近づいてくると、子宮筋腫や子宮ガンが発生してもおかしくない。さまざまな成人病も四〇代くらいから発見されることが多い。妊娠する前に病気にならなかったのは、じつにありがたいことで　あった。

第二章

◆

夫にも父親にも不適格な男

待望の妊娠を告げられる

妊娠。

私はこの喜ばしい結果を、すぐに私の母に伝えた。これまでずっと私と一緒に病院に通ってくれていたことに、本当に感謝していたからである。母ももちろん大喜びしていた。

「今度は、いい子が生まれるように努力しなさい」

妊娠してからと言うもの、不妊治療で卵巣に傷がついていると医師に言われたことが、とても気になっていたのだ。体外受精のための採卵では、卵巣に穴を開ける。その傷がなおらないうちに妊娠したことで、生まれてくる子どもに悪い影響を与えないだろうか。心配で心配でたまらない。しかし、そのことを医師に尋ねるだけの勇気はなかった。医師のみならず誰にも、その心配を打ち明けることができなかった。

そんな可能性は薄いということを信じよう。あえて検査はしないようにしよう。どんな子どもが生まれても、私の子どもなのだから責任を持って育てていかなくては。

妊娠の喜びもつかの間、すぐに私はひどい悪阻に見舞われることになった。起きていても寝ていても、猛烈に襲ってくる頭痛と吐き気。これほどの気分の悪さはどこから来るのだろう。じっとしていることができないくらいに苦しい。まるで殺虫剤をかけられた断末魔のハエのようだった。

私はビニール袋を片手に、無我夢中で車を運転して実家に帰った。またもや実家の世話になるはめになってしまったのだ。このようなとき、母とはありがたいものである。実家で静養すると夫に伝え、私はそのまましばらく厄介になることにした。

悪阻は日増しにひどくなり、吐き気のため食事ができず、ほとんど寝たきりの状態になってしまった。まさか妊娠したことで、これほど親に迷惑をかけるとは思いもよらなかった。

実家に戻ったとたんに、姑から電話がきた。明らかに立腹している姑の声。

「何やってんのよ、そこで。何で実家にいるの」

「悪阻がひどくて起きられないのです。しばらくこっちで厄介になるつもりです」

「何言ってんのよ！　そんな話、聞いたこともないわ。ウチの嫁はね、誰もそんなことはしないの。それより幸平（夫）のごはんの支度はどうしたのよ？　さっさと帰ってちゃんと家事をやりなさいよ」

姑と嫁の関係とはこんなものだろうと思っていたので、腹立たしかったが反論せず黙って聞いていた。夫にも、姑から電話があったことは言わなかった。姑は、結婚当初から私が自分の実家に行くことに、非常に不快感を持っていた。夫が私に同行していようものなら、「すぐに帰るように」と夫に電話がかかり、指図するくらいだったのである。

それから数週間経った一月初旬、体調がだいぶ回復したので、私は夫の家に戻った。夫は相変わらず酒に酔って深夜に帰宅する生活を続けていた。夜中に大声を出したり、テレビを大音量で朝までつけっぱなしにしたり、酔った勢いで深夜にあちこち電話したりで、私は眠ることもできない。また激しい口論となった。口論をすると必ずと言っていいほど、体調がひどく悪くなった。激しく動悸がして血圧が上がり、こめかみがガンガン殴られているような頭痛がはじまるのだ。

待望の妊娠を告げられる

妊娠中は腹を立てたり興奮したりしないようにと言う医師の注意を思い出し、夫と私はお互いもっとも離れた部屋で別々に生活することにした。私にとって、平常心と安らぎを保つには、家庭内においての完全別居が最善の方法だったのだ。それからは夫がいつ帰ろうが、いつ出かけようが、酒に酔って深夜に帰ろうがいっさい関知せず、私の体調も徐々に回復していった。

私が夫を非難しなくなったので、夫はすこぶる上機嫌である。

「おまえも変わったよなぁ。やっと主婦らしくなったじゃないか。黙って専業主婦してりゃいいんだよ」

日曜の朝。夕べの酒が抜け切らないうちから、焼酎を水のようにあおり、夫は得意満面で私に言った。

私は、夫が何を言っても黙っていた。私は夫の所業に寛大になったわけでもなく、これからおとなしく専業主婦になろうなどと思っていたわけでもない。生まれてくる子どものために、何も聞かない、何も見ない、腹を立てないと、日々自分に言い聞かせていただけだった。

臨月になり、私はあまり動くことができなくなった。実家の母が、「そっちに行って、手伝ってあげようか。産んだあともたいへんだろうから」と言ってくれたので、せっかくだからと私は近くのアパートを探すことにした。

母がこの夫の家に来て寝泊まりするなど、論外だったからだ。

夫は私の親が大嫌いだった。私にとっては母の申し出はたいへんありがたいことだったが、こうしてアパートを借りたとしても、きっとトラブルは避けられないだろうと案じてもいた。案の定、アパートが決まって母が来ることになっても、手伝いなどいっさいしない。それどころか、遠方から来る母を車で迎えに行ってくれないかと頼んでも、「そんなくだらないことで、俺をタクシー代わりに使う気か」とすごい剣幕で怒鳴り返してくるのである。

盆、暮れ、正月、父の日、母の日。自分の親には高価なプレゼントを贈るのに、私の両親に対しては、何ひとつとして気遣いをしてくれたことがない夫。いまさら私の母をいたわってくれるなどと期待してはいなかったが、それにしても……。

出産月になった。私は車の運転もできなくなったので、買い物や炊事などの家事を母にやってもらっていた。夫は言った。

「いったい、いつまでいる気だよ？」

娘の出産に、実家から母親が来て世話をするというのはそれほど珍しい話でもない。それがなぜそんなに腹立たしいのだろうか。

母と夫の間に漂うとげとげしい雰囲気の中で、出産の日を待つ私はやり切れない気分だった。見かねた母が、出産するときに改めて来たほうがいいと言って、いったん帰ることにした。借りていたアパートを引き払い、そのあと片づけを母とふたりだけでやった。手荷物が多かったので、夫に「母を車で送っていってほしい」と頼むと、夫はひとことも返事をせず、それでも車だけは出した。車中母が話しかけても、夫は終始無言だったそうだ。実家に到着する前に夫の食事の手配をしたが、手をつけることもなく帰ったと、母が私に電話で伝えた。

夫は間もなく帰ってきた。

「おまえのおかあさん、何かいろいろ話しかけてきたけど、ひとっことも返事しなかった。年寄りの言うことなんか聞いてられないんだよ。家に上がって飯なんか食いたくもない」と、むしろ誇らしげに私に言う。私は、夫に対する気持ちが、しだいに「憎しみ」に変わりつつあるのに気がついた。いままで見ないようにしていたその不細工な横っ面を、憎しみを込めて見つめた。心臓がにわかに波打ってきた。それが私の心臓なのか、胎児のものなのかはわからないが……。

それでもあなたは夫のつもりか

高齢初産ということもあって、帝王切開での出産になると医師から告げられた。手術日の前日、入院。手術は午後一時からの予定だったので、朝、母に来てもらって、夫には手術前後に来てもらう予定になっていた。

当日になって、夫が連絡もなく朝一番で病院へやってきた。私は驚くと同時に、非常にがっかりした。私と母だけで話したいことがあったのだ。夫が、大嫌いな私の母にどういう態度を取るだろうか。私は動けない。いまいちばん非力なのは私だ。手術の前後、何もかも他人の力を借りなければならない。不安な空気が充溢する中で、私はただ時が経つのを待っていた。

間もなく母がやってきた。個室に入ってみると夫が先に来ていたので、母は驚いた様子だった。

「あら、幸平さん、はやいのねえ」

夫は何の返事もしなかった。それどころか母と目を合わせることすらしない。夫が母を完全に無視する異様な雰囲気の中で、私はいたたまれない気分だった。

「みんな、出ていってよ！」

私はそう叫びたかった。こんな気持ちで手術に臨まなければならない自分がとても惨めだった。

帝王切開は、三〇分ほどであっけなく終わったように思う。心配していたが、生まれた子どもは元気な男児だった。不妊治療の悪影響はまったくなかった。それまでの人生の中で、これほど安堵したためしはない。手術室で子どもとの対面をしたあと、私は自分の部屋に戻された。

部屋には、母だけがいた。

「お疲れさま、無事に生まれてよかったね」

母はそう言ったあと、

「幸平さんは、おかあさんと一緒にいるのがよっぽど嫌なんだね。いまはロビーにいるよ」

それでもあなたは夫のつもりか

と続けた。

私は、「勝手にしやがれ！」と思った。何の役にも立たないばかりか、母や私に気遣いひとつない夫など、さっさと帰ればいい。無性に腹が立ってきた。しかし手術後の私には、憤って怒鳴る気力はなかった。

しばらくして、夫が部屋に入ってきた。相変わらず母と目を合わせないようにしている。

「幸平さん、かわいいでしょう？」

母が夫に話しかけた。夫からはひとことも返ってこない。いたたまれない雰囲気の中で、とにかく一刻もはやく夫に帰ってもらいたい一心であった。

午後四時頃、夫は会社に戻ると言って帰った。母にはつき添いのため、退院までいてもらう予定だった。私はその夜から、後産と胸・肩にかけての激痛で夜も眠れず、何度も痛み止めの座薬を処置してもらうことになった。開腹手術だったのに、なぜ胸が痛いのか。ほかの合併症が出たのか。不安になって医師に何度も尋ねたが、その心配はないだろうと言う。手術時の姿勢のせいで、神経痛が出ているのかもしれないとの話である。それにしても、呼吸ができないほどの痛みで、生まれた子どもに授乳するどころではなかった。

そんな最悪の体調のときに母がつき添ってくれたのは、心底心強かった。動けない私のベッドに、生まれたばかりの赤ん坊を新生児室から連れてきてくれたのも母である。私ははじめて、まじまじと自分の産んだ子どもの顔を見ることができた。本当に、やっと心から幸福な気分になることができた。

「はじめまして……」

私は、髪が一本もない、禿げちゃびんの子どもの頭をなでながら、そう言った。

母と夫の確執は続く

週末になり、夫が朝から病院に来るというメールが入った。私はまた、嫌な雰囲気になるのかと、陰鬱な気分になった。

予想どおり、夫は母がまだつき添っていることにすっかり腹を立てた様子で、部屋に入るなり、荷物を部屋に投げ入れるとすぐに部屋を出ていった。授乳のために、新生児室から子どもを部屋に連れてくると、さすがに夫も部屋に入ってきた。しかし母が何を話しかけようが、ダンマリを決め込んでいる。相変わらず母を無視し続け、部屋に母がいるときは、自分はわざとらしく部屋から出ていく。顔を合わせないようにするその態度は、幼稚そのものだった。

母が赤ん坊を抱こうものなら、ものすごい形相でにらみつける。こんな夫を見ていると、とても父親になった男には見えなかった。まるで、お気に入りのおもちゃを、大嫌いな人に取り上げられてかんしゃくを起こしている子どものようだ。

その日は、田舎から夫の父親（舅）も来ることになっていた。あとで考えると、舅が来る前に私の母には帰ってもらいたかったのだろう。重苦しく嫌な雰囲気の中で、舅が来るのを待つ時間はとてつもなく長かった。

出産後間もない私を、夫は少しも気遣ってはくれない。なぜこんな気持ちでいなければならないのだろう。夫に対する嫌悪感はピークに達していた。

「この男は、なぜ、ここにいるんだ！　出ていけ！　さっさと出ていけ！」

いままでずっと、私のそばにいようとすることなどなかったではないか。なぜ、いまになってダニのように私から離れようとしないのだ。

私は叫びたい気分だった。

母が、「幸平さんとこれ以上一緒にいるのは嫌だから、帰る」と言ってきた。

私は驚いた。母には退院までつき添ってもらう予定だったし、母も了承していてくれたからだった。

「午後から、お義父さんも来るから、それまでいたら？」

母と夫の確執は続く

「いや、幸平さんの態度にはもう我慢の限界。こんな雰囲気の中でいるのは嫌。何が気に入らないのかわからない。赤ちゃんに触っただけでも怒るのだから」

母は、その日の午前中に、タクシーで帰った。

帰り際、母は夫の態度について非難したが、夫はその言葉にも何の反応も示さず、無視し続けた。見送るわけでもなく、挨拶もせず、もちろん車で送っていくなどと言うわけがない。大きな荷物を抱えて部屋を出ていった母のあとを私は夢中で追いかけた。病院の玄関で、もう一度、私は母に言った。

「お義父さんが来るまでいたら？」

「いや、もう幸平さんとこれ以上一緒にいたくないよ。こんなに一生懸命協力してきたのに、何であんな態度をされなければならないの？」

振り切ってタクシーに乗り込む母を、私はただ黙って見送るしかなかった。私は、顔も見たくない男ととうとうふたりきりになってしまったのだ。

母が帰ってしまって、私は部屋に戻った。夫がニヤニヤして言った。

「おかあさんって、すぐに怒るねえ」

平然として、自分の陰険な態度を詫びる気など、微塵もない様子だった。それどころか目障りな私の母がやっと帰ったことで、夫はすこぶる上機嫌だった。

やっと自由に子どもと対面できるとばかりにベッドサイドに張りついている。

「もうじき田舎から、じいちゃんが来るからなぁ〜。待ってろよー」

饒舌になって、さかんに話しかける。手のひらを返したように有頂天になって、子どもをあやし、これから来る義父の話をするのだ。

「俺、親父を迎えに行ってくるから」と、夫は車のキーを持ってそそくさと部屋を出ていった。部屋の窓から、病院の駐車場を一望できた。夫が玄関から出て、駐車場の車に乗り込むのを、私がどれほどの憎悪を持って見送っていたか、そのときの夫には想像だにできなかったであろう。

一時間ほどして、夫が義父とともに、スーパーで買い込んできた大きな袋をさげて部屋に入ってきた。「親父が迷子になっちゃったみたいでさー」と、買ってきたものをテーブルいっぱいに広げ、義父に勧めながら、得意げにべらべらとしゃべりまくる夫。母がいたときはひとことも口を開かなかった夫の豹変ぶり。そのおとなげなさに呆然とした私は、義父とも夫とも話などしたくなかった。

義父は、駅に忘れ物をしたので、三〇分ほどで帰ると言った。夫は、「送ってくるから」と、義父とともに部屋を出ていった。私は、部屋の窓からまた夫と義父が、病院の駐車場で車に乗り込むのを見ていた。私の親に対しては、ただの一度だって車で送っていくなどと言ってくれたことはない。年老いた私の親が、何度も実家と私たちの家を往復しているのを知っていたはずなのに。

その夜から退院の日まで、私にはつき添いがいないのだ。ひとりで身の回りのことをやらねばならない。昼間の来客のせいか、緊張して疲れたのか、その夜も痛みだしてきて一睡もすることができなかった。私は眠れない床の中で歯ぎしりしながら、憎くて憎くてたまらない夫に、いかなる復讐をしてやろうかと思いを巡らせていた。

次の日も休日で、朝はやくから夫が病室にやってきた。私に何かをしてくれるというわけでもなく、ただソファに座り、持参したパソコンを開いて会社の仕事の続きをしているようだった。私は夫を見たくもなかった。夫を見ているだけで胸が悪くなる。いや、一緒の空気を吸っているだけで嫌悪感が込み上げてくる。

「帰れ！　帰れ！　なぜここにいるんだ。おまえの顔など見たくもない」

私は、本当にそう叫びたくてたまらなかった。病室の窓から、こいつを突き落としてやりたいとさえ思った。

しかしいま、夫の手を借りなければ退院すらできない自分がいる。退院後もこんな男に世話をしてもらわなければならない自分。思うように動けないから、夫に対して激怒する気持ちを抑えなければならない。私は自分自身が、惨めで情けなくてたまらなかった。

その日、帰った母から夫へ、個室にある専用電話に、電話がかかってきた。

「興奮して怒ってる奴と話なんかしたくない」

夫はそう言うと、受話器を置きっぱなしにしてテレビをつけた。つながっている受話器は長い間、そのままだった。三〇分も経っただろうか。

私はたまらなくなって「電話くらい出たらどうなのよ！」と叫んだ。しぶしぶ夫は受話器を取った。母が夫に、彼の態度について、ひとしきり抗議したようだった。夫が、やっと母に口を開いた。

母と夫の確執は続く

「僕がしゃべってもいいですか？　ではしゃべりますよ。僕はバカです。正しいのは、お義母さんです。僕も、僕を育てた母もバカです。ええ、お義母さんのおっしゃるとおりバカです。それでいいんです」

蓄音機のように、「僕はバカなんです」を繰り返す夫。あれほどの陰湿な態度を詫びるわけでもなく、ただただ「僕はバカなんです」を繰り返す夫は、本当にバカそのものだった。

退院の日が来た。私は朝から、退院のために病室の片づけをしていた。退院の支度、朝食、授乳、沐浴指導、外来での診察、午前中だけでも分刻みの行動だった。相当こまめに動き回らなくてはならない。ましてや、いまは傷がひきつれて立ち上がるのもやっとである。母がいてくれたら精神的にもずいぶん楽だったろう。少なくとも退院の支度は手伝ってくれたに違いない。

病院の精算をすませたあと、夫は所在なげにソファに座って、私の分刻みの行動を見ていた。パソコンを開いていたのかどうかは記憶がない。夫の姿を見たくもなかったからだ。

退院の準備が整って、病院のスタッフに挨拶をすませ、玄関で記念撮影をすると言われた。何が記念なのだ？　私にとっては、この病院は、生涯忘れられない苦くつらい思い出の場所となるだろう。ここから一刻もはやく逃げ出したい。こんな奴と写真など撮りたくない。

もしそう叫んだとしたら、この病院はじまって以来の珍事になるだろう。私は黙って記念写真に収まった。のちに永遠に夫とは呼ばなくなる男とともに。

後日、この写真が病院から送られてきたとき、私は即座に夫の写っている側を切り取り、破り捨てた。

子どもは夫の所有物か

夫と言葉を交わすこともなく、私は子どもとともに夫の家に戻った。夫は自宅に荷物を運び入れると、「出生届を出してくるから」と言って出かけた。おそらく夫は、いまが幸福の絶頂だろう。邪魔者はいない。私は傷を負っており、自分に従順だ。念願の子どもも手に入れた。人生でこれほど得意になれたことがあったろうか。

私が、どれほどの憎悪と復讐の念を持って夫を見ていたか、知る由もなかったろう。私は疲労のあまり、子どものそばで眠り込んでしまっていた。気がつくと夫が帰っている。

「これを見てごらん」

夫はそう言うと、一枚の紙を私に差し出した。住民票だった。

「もう、さっそく、子どもの名前が住民票に載るんだよなあ」

見ると、夫、子どもの名前が並んで記載されており、私の名前はどこにもなかった。

夫は自分の名前と子どもの名前だけが併記された住民票を私に突きつけて、有頂天になっていた。

私は、それを引き裂き破って泣き喚きたい衝動にかられた。怒りと憎悪で、それをテーブルの上に置くのがやっとだった。夫は、私が何も言わないので、「ねぇ見たの？」と、しつこく私の顔に突きつける。

「見た」

私は声を押し殺して、やっとそれだけ言った。そして、布団を引っかぶって泣いた。

「この男を殺してやりたい！」

こいつは私の、やっと、やっと産んだ子どもまでも奪い去ってしまったのだ。そして自分のものだという証拠をこうして私に突きつけてくる。夫は有頂天だった。私は、夫が憎くて、憎くて、気が狂いそうだった。

その日から、私はなぜか歩けなくなった。家の中で部屋から部屋へ歩くことくらいは何とかできるのだが、外に出ようとすると股関節がはずれたようになって足がぐにゃりと曲がる。不安になったので、休日を押して医師に見てもらった。原因はわからなかった。やはり手術後の神経痛か何かだということで、たいした処置はなされない。ストレス性のもので、いわゆる心身症というものかもしれない。この歩けない状態は、この後一か月以上にわたって治癒しなかった。

退院から約一週間後、私の両親から孫を見に行くとの電話が入った。

実家からここまでの遠距離を、年寄りふたりで来るというのだから心配でたまらない。とくに父は一〇年前に足の血栓を患ってから、あまり長い距離を歩くことができない。

「迎えに行こうか?」

しかし、私にはまだ運転ができなかったから、迎えに行くとしたら、夫に行ってもらわなければならない。

「幸平さんには迎えに来てもらいたくないよ。電車とタクシーを乗り継いで何とか行くから」

夫が帰ってきて、夕飯を食べていたので、私は、「両親が、今度の週末にこちらに来ると言っている」と伝えた。夫は「ふん」と生返事をしただけで、車で迎えに行こうかなどという言葉はついに聞かれなかった。

両親は、電車とタクシーを乗り継いでやってきた。子どもの服など、何やらたくさんのお祝いを持って、こんな遠いところまで来てくれた。ところが、夫は迎えに行くどころか、自分の部屋に閉じこもったきり、出ても来ない。寝たふりを決め込んでいるようだった。

「幸平さんはどうしたの？」

「寝てる……」

もう、午後一時を過ぎていた。そんな時間まで夫が寝ていたことなど、かつてなかった。

私は夫を起こす前に、子どもの沐浴の用意をしに浴室に入った。すると突然、夫が浴室に現れたのだ。私は驚いて、思わず言った。

「何してるの？」

「子どもの沐浴は、俺がする」

「そんなことより、私の両親が来てるのを知ってるんでしょ。挨拶くらいしなさいよ」

「子どもの沐浴は、俺がやるって言ってんだろ！」

「私の両親が来てるって言ってるでしょ！」

「俺に、挨拶しろってのか！」


捨て台詞を吐いて浴室を出ていく夫。あきれ果てたことに、来客に挨拶をするという当たり前のことさえできない男なのだ。私の両親は出産のお祝いを持ってきてくれたのである。私は、夫をにらみつけた。その迫力に妥協したものかどうか、一応、夫は出ていったが、「あ、どうも、こんにちは」。両親の顔も見ず、あさっての方向を見ながら、ぶっきらぼうに言っただけ。

気まずい空気が部屋中に広がっている。普通の家庭なら、生まれたばかりの赤ん坊を中心にして和やかに話が弾むだろう。この男は、そういう普通のことができないのだ。沈黙が続く、何とも言えない重苦しい雰囲気。両親が、ただ所在なげに並んでソファに座っている。私はやり切れない気持ちで子どもだけを見つめていた。

両親は、早々に帰ると言い出した。

「送っていこうか。駅の階段、たいへんなんだし……」

私は母にそう言った。

「いいよ、いいよ。あんたが運転できるわけじゃないし、幸平さんには送ってもらいたくないから」

私が用を足している間に、母が自分でタクシーを呼んだらしい。茶の間に戻ったときには、もう両親の姿はなかった。夫は、ひとりで自分の部屋に閉じこもって、何やらやっている。私は、あわててマンションの玄関に飛び出した。両親を乗せたタクシーが、ちょうどマンション横の小道を曲がっていくところだった。

私は、ひとりでそのタクシーの後ろ姿を見送った。つらくて胸が潰れそうだった。

何という仕打ちだろう。両親が帰る間際まで、夫が自ら、送っていってあげると言ってくれるのを私は期待していた。だがそれはむなしい期待だった。何しろ玄関まで見送ることさえもしないのだ。どうしてこんな奴が、私の夫なのか。何でこんな奴が!

何でこんな奴が！　涙が出て、仕方がなかった。

私は、必要なこと以外は、夫と口を利かなくなった。そして夫を見ることもなかった。しかし、手術後の傷もなかなか回復せず、思うように歩けず、新生児の世話に追い立てられる毎日では、夫の援助を得なければ生活できなかった。この頃の私は自律神経をやられ、体調が最悪であった。

夫は、かいがいしく子どもの世話をした。私から見ると、それは異常なほどの溺愛ぶりに見えた。子どもがぐずってひと声でも上げようものなら、走り寄って抱き上げ、すぐにミルクを与える。ときには私に赤ん坊の声が聞こえないように、戸を閉め切ってミルクを与えていた。私は不愉快だった。

「勝手にミルクをやらないでちょうだい」

私は、金切り声で怒鳴った。私はいつも夫に怒鳴り散らした。夫の姿が見えるだけで、吐き気がするほど腹が立った。しばらくして、「何で、俺に冷たいのさ?」と夫が聞いてきた。私は、はじめて夫と真正面から向き合った。おそらく鬼の形相だったに違いない。

「私の親に、よくもあんな態度を取れたものよ。何が気に入らないのか知らないけどね」

「だって、おかあさんが来ると、おまえはいつもおかあさんとばかりしゃべって、俺を無視するじゃないか」

何という幼稚さ！　これが四〇歳を過ぎた男の言う台詞なのか。こんな幼稚な嫉妬心だけで、私の親を追い返し、これほど私を苦しめてきたのか。

こんな男に、父親となる資格はない。私の夫とは認めたくない。

私は、慣れない育児と手術後の体調の悪さに疲れ果てていた。毎日、ろくなものを食べていなかったため、母乳も出なくなってきた。毎日、二〜三時間のベビーシッターを頼んでいたが、子どもの世話と買い物をお願いする程度で、夫のための食事の支度は私がしなくてはならない。私自身はスーパーのでき合いのおかずを少し口にするだけで、食欲はなくなる一方だった。

子どもは、母乳の味を知るとミルクを飲まなくなってきた。知恵がついてきたのか、哺乳ビンを口に当てるだけで激しく泣き、出もしないおっぱいにしがみついている。

子どもは夫の所有物か

空腹なのか、おっぱいが出なくて泣き、あきらめて哺乳ビンのミルクを少し飲む。そして吐き戻してしまう。その繰り返しだった。私は子どもが可哀想だった。

私は我慢できなくなって実家に電話をし、子どもと私の状況を母に伝えた。
「しばらくこっちで静養したら？　里帰り出産をしなかったんだし、おかあさんがそっちに行ったら嫌がられるだろうし。栄養のあるものをつくってあげるから、こっちで少し身体を休めなさい。そんなんじゃ母乳なんか出なくなっちゃうよ」

本当にそうしたかった。夫と口を利かない生活と育児。思うように回復しない身体。食べることも寝ることもできない。もう精神的にも肉体的にも限界だった。私は、子どもの一か月検診の後、外出許可が出たら実家に帰ると言って電話を切った。

夫は会社から帰るなり、何はともあれ、まず赤ん坊に駆け寄る。沐浴させたり、着替えをさせたり。ときにおもちゃをたくさん買い込んできて、まだ目も見えていないような赤ん坊の手首におもちゃを巻きつけ、溺愛ぶりを発揮していた。

私は、夫に子どもを触られることさえ嫌だった。いや、夫が子どもに話しかけるこ

とも、見ることさえも嫌悪を感じた。夫がそうするたび、「この男は、ベビーシッター
なのだ」と自分に言い聞かせていた。

こんな男は捨ててやる

「来週の一か月検診で、外出許可が出たら、実家に帰る。実家で静養してくる」

私は夫にそう伝えた。

「やっぱりそうだったのか！」

夫は顔色を変えて怒鳴った。

「勝手に人のうちの子を連れ出そうってんだな。そうか、お前は最初から親とそれをもくろんでたんだな。おまえの親は、人さらいの、宗教家みたいな連中だ。誰がわたすかってんだよっ！」

この言葉で、私の中で何かの糸がプツリと切れた。私の親をあんなにも遠ざけ無視し、追い返した、この男の真意がこの言葉ではっきりとわかった。この男は、私の親が生まれた子どもを自分たちのものにすべく、さらいにやってきたと思っていたのだ。俺の姓になった子どもを、関係ない奴らが連れ出すと……。

この瞬間に、私は目の前にいる男が、やはり自分の夫ではないことをはっきりと確信した。こんなバカげた考えしか持てない下卑た男は、夫でも何でもないのだ。たとえ戸籍上、夫となっていても。

私の苦しくつらかった不妊治療を、誰がいちばんよく知っていただろうか？　夫だろうか？　違う。母だった。私の母だった。私は、なぜ不妊治療をしなければならなかったのか？　夫が原因ではなかったのか？　夫にとって、私の両親は、人さらいの、宗教家だったのか。

いろいろな思いが私の頭の中を駆け巡った。一つだけ、絶対確かなことがある。「この子は、私の子だ」という事実だ。私だけの子だ！　この子は、私の血のにじむような努力の結果としての力作なのだ。こんなけがらわしい男に父親面《づら》されるのは真っ平だ。

触るな！

指一本触れるなっ！

こんな男は捨ててやる

激しい口論が、朝まで続いた。いままで我慢に我慢を重ねてきた夫への憎悪が、いっぺんに噴出した。

「おまえと俺は、どういう関係なんだ！」

夫が叫ぶ。

「紙切れ一枚で、赤の他人になれる関係よ！」

私は怒鳴り返した。

「子どもに触るな！　けがらわしい」

生まれたばかりの赤ん坊が、怒号の中で泣き叫んでいた。可哀想な私の子ども。こんなところに生まれてきて。こんなバカ男に父親面されて。

もはや私には、夫への一片の愛情すら残っていなかった。むしろ憎んでいた。殺意すら抱いていたと言ってもいい。どうやってこの男に復讐するかという思いに頭を占領されていた。

私は実家に戻る。永遠にだ。そして、この男から奪い取るだけ奪い取って、ボロ雑巾のごとく捨ててやる。

私はそう決心した。心の中では、紙切れより先に、とうに赤の他人になっていたのだ、この男と。そして二度ともとには戻らない。

手術の傷は、いずれときが癒してくれるだろう。

私は、行動を起こす。

この男に復讐するために。

この男に、永遠に私を妻と呼ばせないために。

私は、この男に宣戦布告をしたのだ。

戦いの火蓋は切られた。あとは行動を起こすのみだ。

第三章

◆

離婚への道

戦闘開始

新生児の一か月検診が終わった。私はかねてからの予定どおり、子どもを連れて実家に帰った。

夫は毎週末、菓子折りを持って私の実家にやってきた。私が激怒して帰ったものだから、ようやく離婚を恐れる気持ちになったらしい。

しかしいまさら菓子折りなんぞで、私の決心を変えられるはずもない。

私は心の中でせせら笑っていた。この期に及んで足しげく私の実家に通って、何になるというのだ。私は心の中で罵倒しながら夫に背を向けた。

「ごめんなさい、十分に反省しています。おかあさまには、心から感謝しておりましたし、いまも本当にそう思っております。そのような不躾な態度を取った覚えもないのですが、そのように勘違いされるというのはこちらの不手際で、申し訳なく思っております」

しゃあしゃあとこう繰り返す夫。自分の立場が悪化したことで、急いでその場面だけを取り繕い、心にもない言い訳を並べ立てる。感謝する気持ちが少しでもあったら、あのような態度が取れるはずがない。「人を無視する」という行為は、もっとも卑劣な無言の暴力である。いじめの中でもとくに悪質なものだ。それを夫は、悪口を言ったのではなく「何も言わない」のだからそこに悪意はなかった、ただこちらが勘違いしているのだとしらばっくれようとしているのだ。夫はこうして「無言の暴力を振るった」という事実を、いとも簡単に隠蔽しようとした。

だが、私の離婚の決意は固かった。もう、誰がなだめすかそうが、説得しようが、私の気持ちは変わらない。この男がこの先、〝私の夫〟であり、〝子どもの父親〟であり続ける可能性は絶対にない。

私の両親は、毎日私に言った。

「親（私）の身勝手で、この子から父親を奪うようなことをしてはいけないよ。あんたは離婚したくても、この子は父親がいてほしいんだから」

「ひとりで子どもを育てていくということが、どれほど大変なことなのか、わかってないんじゃないか」

そして夫は毎週、実家にやってきては「ごめんなさい」を繰り返している。

せっかくの両親の意見だが、いまとなっては聞くことなどできない。親（私と夫）が憎悪し合う中で、子どもがどんなふうに育つと言うのだ。毎晩酒におぼれる父親。朝までひびく大喧嘩の怒号。それでも戸籍上の「父」がいるということが子どもにとって幸せな生活と言えるのか。酒代で生活費もままならない暮らしの中で、子どもを十分に教育できると言うのだろうか。

夫にしてもしかりだ。

何が、「ごめんなさい」だ。結婚してから、いままでずっと、ことあるごとにこの言葉を聞いてきた。酒を飲んで朝帰りをしては、「ごめんなさい」。生活費を浪費し、記憶がなくなるまで毎晩飲み歩き、酒癖の悪さで口論になっては、「ごめんなさい」を繰り返してきた。

そして、私の両親に対する態度についても、ただただ「ごめんなさい」だ。この男にとって、この言葉は、反省や謝罪を意味するものではない。とりあえずその場しのぎの、恰好の逃げ口上なのだ。

手術の傷は癒えた。もう誰の言葉も耳に入らない。私は家庭裁判所に赴き、離婚調停の申し立ての手続きを取った。

夫からことの重大さについて知らされたのか、田舎から夫の父親も出てきた。義父は私に言った。

「いったい、どういうことですか。もう住民票も移したというではないですか」

調停がはじまる前に、子どもと私の住民票を、夫の住所地から実家のある住所地に移しておいた。この際、移すことを夫には言わなかった。

産院から退院した日に、子どもと自分の記載された住民票を私に見せて、有頂天になっていた夫。思い知るがいい。いつか住民票の記載が自分ひとりになっていることを知るだろう。そのときに、私の気持ちが少しでもわかればいいのだ。

私は、そう義父に伝えた。そして、どんなふうにこの子が生まれたのか、彼がいかに酒乱であったかを、洗いざらいすべて義父に報告した。義父にとってははじめて聞く話ばかりでさすがに驚いたようだった。夫は自分の両親には何ひとつ打ち明けてはいなかったのだ。だからこそ夫は、すべてを知っている私の両親が疎ましかったのだろう。自分のいちばん知られたくない醜態を知っている者は、用がすんだら消えてもらいたかったのだ。

こんな男に対しては、情状酌量の余地すらない。

どうしたら離婚できるか

離婚をしようと思ったとき、まず何が必要か。双方が合意の離婚の場合は簡単である。離婚届にサインをして役所に提出すればよい。これが受理されれば、晴れて赤の他人になれる。ところが、片方が離婚に応じないときはどうするか。離婚調停を申し立てることになる。まさか自分がそのような立場になるとは。そうそう考えないのが普通だ。まず何をしたらいいのかと迷うのは当然だろう。法律のことはわからないから、弁護士に頼まなくてはならないのか。弁護士はどこで探せばいいのか。

こんなことでおろおろして、あきらめてしまうわけには行かない。私は、何としても離婚をするために猛然と調べた。そして、夫の住所地の家庭裁判所に離婚調停の申し立てをした。離婚調停の申し立ては、誰かにやってもらわなければできないものではない。自分で簡単にできるのである。

平成一三年一一月三〇日。調停がはじまった。

裁判所に着いたのは、午後三時一〇分前くらいだった。受付をすませると、待合室のような部屋に案内された。六人ほどの人が、座って順番が来るのを待っている。弁護士を伴ってきているのは若い男性ひとりだけで、ほかはひとりで来ていた。ひとり呼ばれると、別の人が入ってくる。入れ替わり立ち替わり、その部屋では常に六人くらいの人が順番を待っていた。

三時三〇分。初老の男性の調停員が私の名前を呼んだ。いよいよはじまるのだ。

調停員は男女一名ずつだった。男の調停員が笑顔で、「緊張していますか」と尋ねた。「緊張しています」と私は答えた。これから、たったひとりで戦うのだ。緊張しないはずはない。

女性の調停員から話が切り出された。

「幸平さんは、円満調停を望んでいます。つまり離婚はしたくないと。あなたにはやく戻ってきてほしいと言っているのですが、あなたはどうですか」

「私は離婚調停を望んでいます。離婚の決意は変わりません。別の出張所にもほとんど同時に離婚調停を申し立てたのですが、こちらのほうが先に連絡が来たので、取り下げたのです。繰り返します。私はあくまでも離婚を望んでいます」

調停員はふたりとも驚いた様子だった。私が弁護士もつけないで、裁判所に申し立てたことに驚いたのだろうか。

私は、作成してきた文書をふたりにわたした。夫との結婚生活の一部始終だった。夫の酒乱と浪費癖で、毎日喧嘩が絶えなかったこと。夫の不妊症。私の不妊治療。夫と私の両親との確執。夫の実家での態度。短い時間で述べるより、読んでもらったほうがわかりやすいと思った。そして口で言うより書いたほうが、私のつらかった結婚生活を漏れなく述べることができると思ったのだ。

調停員たちは、ざっと目を通してまた驚いた様子だった。

「幸平さんは、こんなに酒癖が悪かったのですか。そんなことはまったく言っていませんでしたけど」

「では、なぜ私とこうなったと言っているのですか」

私は、夫が何を訴えて私ともとのサヤに収まりたいと言っているのかまるでわからなかった。

「幸平さんは、あなたとの結婚生活は、とても仲よく充実したものだったけれど、妊娠をきっかけに、あなたのご両親と些細なことで行き違いがあり、それがご両親を巻き込んで、こんな大げさなことになってしまったと言っているのです。あなたとふたりで話せば、すぐに誤解も解け、もとの家庭に戻ると信じているようです」

バカにつける薬はないとはこのことだ。この期に及んで、自分の酒乱と自堕落な生活がこのような結果をまねいたとは、露ほども思っていない。酒癖、浪費癖、虚言癖……。こうした性癖は一〇〇ぺん反省してもなおるはずはないと、改めて身にしみた。

夫には弁護士がついていた。弁護士も夫の生活ぶりをまったく知らなかった。もっとも本人が言わなければ、弁護士が知るはずもない。トラブルは私の両親と夫との行き違い。あるいは両親が孫を手元に置きたがったとか。夫が弁護士に何を言ったのかは知らないが、弁護士は夫の嘘八百の弁を鵜呑みにして、妻ともとのサヤに収まることはそう難しいことではないと思っていたに違いない。

あるいは、私の両親が離婚を焚きつけていると思わされていたのかもしれない。それならば両親が介入しない調停の場では、調停員も味方につけて十分に話し合い、私を説得できるだろうと簡単に考えていたのだろう。

調停の一回目は、お互いの意思確認だけで終わった。

調停の翌日、夫から、【寒い中をご足労いただきまして、誠にありがとうございました……】というバカ丁寧なメールが届いた。調停員に促されて、とりあえず一か月分の生活費、八万円を振り込んだとのことだった。

前月から、夫は生活費を出さなくなっていた。これを調停員からとがめられて、再び振り込むことにしたのだろう。入金されていれば返信してよこすようにとの内容だった。

本当に私に戻ってきてほしいと思うのなら、もっとほかに書くことがあるだろう。

心から詫びなければならないことが山ほどあるだろう。しかし反省と後悔の気持ちはまったく感じられない。それはそうだろう。自分には非難されるほどの悪いところはないというのが、この男の本心なのだ。

第二回目の調停。夫は出廷してこなかった。弁護士もすっぽかした。調停員が電話で連絡を取ると、弁護士は発熱のため、来られないということだった。また夫は、弁護士が行かないなら出廷しないと言っていたそうだ。夫の非常識さはいまにはじまったことではないが、この夫につく弁護士も弁護士だ。調停がはじまる前に、電話連絡くらいできそうなものだ。それともこれは作戦なのか?

〈時間稼ぎをしているのかもしれないな〉

私の言い分を聞いて、夫の弁護士もさぞ驚いたことだろう。はじめて知ったことがたくさんあるはずだ。夫の言い分だけを聞いて、「大丈夫ですよ。奥さんは必ず帰ってきますよ」などと自信たっぷりに夫に話していたに違いない。しかし状況は一変した。私の言い分を知れば、弁護士なら調停員を味方につけるのは難しいことも理解したはずだ。

離婚調停になることはもう間違いない。夫の話を鵜呑みにして引き受けた弁護士は、さぞかし夫に腹を立てているだろう。

私の、離婚を決意するまでの状況説明に対して、夫は当然ながら猛然と反論してきた。

夫の主張によると、私のほうが浪費家で夫の預金を取り崩したのだそうだ。出産前から出産後まで私はとんでもなく無駄遣いをした。だから今後、戻ってこない限り生活費も出したくないとのことだった。不妊治療には、とてつもなくお金がかかる。保険適用がなされないためである。体外受精となると、成功してもしなくても、一回の施術にだいたい三〇〜五〇万程度。この費用は全額、夫の預金から支出した。私が、私自身の預金から、この費用を支出しなければならない道理はないといまも私は思っている。

出産から産後の床上げまでは、私の母に家事をやってもらいたいと事前に頼んでおいた。しかし夫は私の母を追い返してしまった。私は動くこともできず、ベビーシッターを頼んだり、食材の宅配を頼んだりするしかなかった。夫は、自分の許可なくそのような無駄遣いをしたと言っているそうだ。ベビーシッターや宅配など頼む必要はなかった、なぜならばすべて夫自身がやるつもりだったからだと主張してきた。バカバカしい限りだ。日中は仕事でいない。夜は相変わらず酒を浴びて帰ってくる男が、すべて自分がやるはずだったとは、聞いてあきれる。

ここまでの夫の主張は、くだらないもので、決定的に私に非があるというものではなかった。むしろ私に対して不満だったのは、そんなことくらいだったのかと不思議なほどだった。それより、なぜ、毎日、朝まで激しい喧嘩に明け暮れたことに言及しないのだろう。

これについて夫は、本当に信じられないような反論をしてきた。

「私が、酒を飲んで、毎日朝帰りし、暴れたり暴言を吐いたりしたという事実はまったくありません。私は、いつも仕事で帰りが遅くなりましたが、それは酒を飲んでいたからではありません。ごくたまに上司から酒に誘われても、つき合い程度のもので、それも仕事のうちでした。

また、酒を飲んで妻の職場に押しかけ、妻に恥をかかせたと言うのはまったくの誤解です。私は、たまたま妻の職場の近くをとおったときに、数回、妻を迎えに行ったことはありますが、その際に妻の上司や部下にも丁寧に挨拶させてもらいました。それで妻もとても喜んでいたものと思います。

妻の上司や部下が、妻に気があるのではないか、ということを冗談で言ったことがありますが、それは妻との団欒の中でのこと。私たち夫婦は一度も口論したことがないほど仲がよかったのです。

ただ、もしかしたら妻は私の仕事やつき合いに理解できないところがあったのかもしれません。そもそも、私の仕事は、ノーベル化学賞受賞者の白川英樹博士と同様の研究で……」

それから、延々と夫の自慢話が続いた。こんなちっぽけな男が、ノーベル賞クラスの研究をしているという大風呂敷に、いったい誰が耳を傾けると思っているのだろう。

夫婦のあいだのことは、誰も見た者がいない。だから誰も証人になってくれることはない。夫の会社の人たちが、夫を「酒癖が悪い人」と認めているにしても、家庭の中でのことまではわからない。だから、どんな嘘であっても主張できる。

調停でも、裁判でも、嘘を真実として主張し続けるのは、被告でも原告でもよくあることだろう。それが嘘かどうかは、最後に裁判官が判断を下すのだ。もし真実でない事柄でも、裁判官によって、真実であると裁かれてしまったとき、それは永遠に真実になってしまう。

離婚調停や裁判は、大きな刑事事件から見たら、ちっぽけな男と女の言い合いに過ぎないだろうが、内容は同じだ。相手の嘘にどれだけ証拠を突きつけて反論し、裁判官や調停員を納得させるかだ。

相手の嘘に反撃する

夫は頑強に、「酒を飲んで暴れ、暴言を吐き、妻と激しい口論などしたことはない」と言い張った。私は調停員の前で、夫に猛烈に反撃した。

「ぐでんぐでんになって毎晩、記憶のないあなたが、暴れ回り、私と朝まで大喧嘩したことなど覚えているはずがないでしょう。朝になって、自分が吐き散らかした汚物の上で寝ていたことくらいしか、記憶にないでしょう」

夫は黙っていた。記憶にないのだから、何をしていたか自分で説明できるはずがない。

「とにかく、離婚には絶対に応じない。妻の親が、父親である自分と子どもを引き離すよう、最初からたくらんでいたと考えられる。男の子の跡継ぎがほしかったのだろう。しかし私と妻は、一緒に暮らせば、必ず誤解も解け、また仲よくやっていけるはずなのだ。妻は、あまり専門的な知識がないから、誤解している部分がたくさんある。

妻には、一刻もはやく両親の呪縛から解かれることが必要だ」

夫は調停員の前で、「悪いところは、すべてなおします。誓います。一生かけてでも、悪いことをした償いはします。別れたくないんです。好きなんです。だからやりなおすと言ってほしい。僕に、もう一度チャンスをください！」と、涙ながらに私に懇願した。私は、その下卑た猿芝居を冷ややかに見つめていた。なおるものなら、いままでにとうになおっていたはずだ。

「何とか、答えてほしい……」

「結婚したときを思い出してほしい。あのときは、こんなふうになるなんて思いも寄らなかった」

当たり前だ。結婚するときに、こんな男だということを知るはずもない。知っていたら結婚などしやしない。いま、私がおまえにかけてやりたい言葉は、「地獄に堕ちろ！」だけだ。

調停は、湧き上がってくる憤りを、直接相手とぶつけ合って激論を戦わす場ではない。裁判のように、過去にあった事実について、それが真実なのかどうか白黒はっきりさせる場でもない。調停は喧嘩の場ではなく、あくまでも話し合いの場なのだ。離婚にしろ、もとのサヤに収まるにしろ、今後のことを第三者を交えて決めていく。いつまでも過去の「言った、言わない、やった、やらない」といったことを言い争うわけにはいかない。

だから、相手の嘘を黙って聞いていなければならないこともたびたびある。涼しい顔で、でたらめを並べ立てる相手に、歯ぎしりする思いをこらえなければならない。こんな思いをするのは、刑事裁判でも離婚調停でも同じだろうと私は思った。

第四回調停。

ついに調停員が言った。

「あなたの離婚の意思と、幸平さんに対する愛情の有無を、もっとはっきり本人に伝えたほうがいい。そうしなければ、相手はいつまでも納得しない」

私は夫と正面から向き合った。夫は満面に笑みを浮かべていた。

「子どもは元気？　もうハイハイしてる？　体重は何キロ？　ミルクはちゃんと飲んでる？」

矢継ぎばやに子どものことを聞いて、肝心な話をしようとしない。子どものことは、いまは関係がない。そんな話をしに来たのではない。

夫が、いつまでも取りとめもない質問をしているので、調停員が、「奥さんから、いまのお気持ちとこれからの意向をはっきり言ってください」と私に話を向けた。

私は、これまでのつらかったこと、夫との見解の相違、なおすことができない癖や性格（互いにだが）を述べた。口論が絶えない家庭環境で子どもを育てるべきではない。だから、これからは私ひとりで子どもを育てていく決心は変わらない。そう冷静な口調で伝えた。

夫は、言った。

「口論なんかしたことないでしょ。一度もない。いつ口論したのか具体的な日にちを知りたいな。いつも仲がよかったはずだよ、自分ではそう思っている」

何月、何日に口論したか、日記でも読めと言うのだろうか。毎日だったから、日記をつけるまでもない。本当にあきれ返ってしまう。

「僕はね……」

夫は続けた。

「あなたとは最高にいい相性だと思うよ。先月もメールに書いたけど……」

そのメールというのがあきれ返るほかはない。夫が送ってきた、調停がはじまる直前のメールには、画面いっぱいに【好き、好き、好き。好きなんです。だからはやく戻ってきてね】と書かれていた。もうここまでくると、下劣なストーカーにしか思えなかった。

「僕は毎日が楽しかったけどね。あなたは僕を嫉妬深いと言うけれど、僕はあなたの上司や部下の人たちの家庭のことも心配してやってたんだよ。わからないのかなぁ。たぶん、それが誤解されてるんだよなぁ」

私はにわかに気分が悪くなってきた。私は夫を怒鳴りつけた。

「私は、最初から酒癖の悪い人が大嫌いだった。いままでも職場の飲み会が何度かあったけど、あなたほどのひどい酒乱は見たことがなかった。大嫌いな飲ん兵衛が、よりにもよって夫になってしまった。一刻もはやく、あなたとは離婚したい。

顔も見たくないほど嫌いだ。両親が離婚を勧めているわけじゃない。むしろやめたほうがいいとさえ言っている。何よりも私自身が、あなたを大っ嫌いなのだ。あなたとの生活は地獄そのものだった。地獄のような生活のおかげで私は肝臓が悪くなって、入院したこともあった。これ以上、あなたと暮らすことは、自分の命を縮めることになるとさえ思っている」

「そうだ！　思い出した」

夫は叫んだ。そしてふたりの調停員のほうを向き、得意満面に私を指差して言った。

「この人は、肝臓が悪くなって、入院したことがあるんです。妊娠する前ですが。この人は、サイエンティフィックな知識がまったくないので、薬を間違えて飲んでしまったんですよ。僕がしっかり管理してやらなかったから、そうなったんです。だから、やはり僕の管理のもとで暮らしたほうが、この人のためになるんですよ」

夫がここまで言ったとき、私は激憤した。

「一般的な常識がないのはあなたのほうでしょ！　私が薬を間違えて飲むはずがない。

私が入院したのは、毎晩、朝まで大喧嘩する生活の中で、食べることも寝ることもできないで、身体がすっかり悪くなってしまったからよ。それをまるでわからない、あなたはバカそのものだってこと！　地獄のような生活の中で、仕事も家事も、いっさい私がやらなければならなかった。そういう環境が、入院するほど私をボロボロにしたってこと。こんな状況になってもまだ何が悪いのかわからない、あなたみたいな人とこれから先、生活していくなんて考えられない。何度でも言う。あなたの顔など、生涯見たくない！」

「さぁ、もういいですよ。園子さん」

調停員が、私を制止した。

「控え室で、少し待っていてくださいね」

私は退席した。

興奮していて、制止されなければ、ずっと言い続けたに違いない。言い足りないことは、まだまだたくさんあった。

これだけ面と向かって激しく言い合っても、ついに夫からは、酒乱と自堕落な生活で迷惑をかけたという詫びの言葉も、後悔の言葉も聞くことはなかった。

第五回調停。

調停員が、「園子さんと子どもさんの生活費のことを早急に決めなければならない」と何度も言っているが、夫は、「一緒に暮らしていないのだから、支払う必要なんかない」と頑強に言っているそうだ。「そんなことより、ゴールデンウィークには子どもと妻に会って会食でもしたい。日程をはやく決めてほしい。毎週、会う日程を組んでほしい」と、自分の要望は主張してくる。

調停員が、「子どもさんと一緒に、幸平さんと会う日を先に決めますか?」と聞いてきた。

私は激怒した。

「離婚に同意しない限り、子どもも私も会いません。生活費も、離婚に同意しない限り、金額を決めて早急に支払っていただきたいと思います」

どうして子どもと私の生活費も出したくない男に、子どもを会わせなければならないのだろう。たとえ別居していても、夫は生活費を出さなければならない。婚姻費用分担金と言うそうだ。生活費を出したくないならば、離婚に同意すればよいではないか。

離婚の話がいっこうに進まないまま、その日の調停が終了した。いったいいつまでこんなことが続くのか。さすがの私も不安にかられた。

この男と生涯、離婚できないのだろうか？

調停員を味方につける

第六回調停以降。

生活費や離婚についての話し合いはいっこうに進まなかった。第六回の調停から調停員は三人になった。しかし夫は、頑強に「離婚には応じない」と言い続けた。その理由は、「離婚したくないから」というだけのものだった。

何を言ってもまったく意に介さない、自分の主張を繰り返すばかりで人の話には耳を傾けようともしない。こんな男とこれ以上話し合うことがあるのだろうか。

夫が、「裁判だ、裁判だ」と騒いでいる。裁判までして、この男と関わっていなければならないのだろうか。離婚したい理由は、もう何度も何度も説明してきた。何と無駄な時間だったのだろう。やらなければならないことがたくさんあるのに……。

調停中だったが、私は仕事に復帰することにした。これからの長い人生、この子とふたりで生きていかなければならない。はやく仕事に復帰しなければと、私はあせっていた。

私は税理士事務所の看板を掲げることにした。場所は実家の二階である。固定客はゼロ。だが何もしないわけには行かない。月に一回行われる調停の合間に、公の機関や税理士会、商工会議所を回って仕事を探す心積もりだった。幸いなことに、新規開業者に対してはどこも好意的だった。また看板を見て、近所から依頼が来るようにもなった。

しばらく仕事から遠ざかっていたあいだに、世の中は確実に変わっていた。新たなネット産業が振興しはじめていた。失業率は五パーセントのままだが、インターネットや海外の事業で、着実に利益を伸ばしている企業もあるということがわかってきた。少しずつだが、私の事務所も顧客が増えはじめ、しだいに軌道に乗ってきた。

仕事に復帰したことには、もう一つ大きなメリットがあった。仕事をしているあいだは、夫に対する悶々とした憤りを忘れることができるということだ。「裁判になったって、必ず離婚してみせる」と、長期戦に備える心の余裕も出てきた。

それから数回の調停が行われた。私の言いたいことはほとんどもう言い尽くしたので、この調停は調停員が夫を説得するだけのものだ。夫は当初、復縁するための調停を主張していたが、いまは完全に離婚に向けての調停が進められている。あとは調停員たちが、いかにはやく離婚の決着をつけてくれるか。

調停がはじまってから、一年が経過していた。彼は「離婚しない限り、別居中の妻と子どもの生活費は、毎月支払わなければならない」ということを、三人の調停員と弁護士に再三再四、説得された。それで、とりあえず生活費の件については同意せざるを得ないところに追い込まれたようだった。額としては、月額八万円が妥当とされた。離婚はしたくないが、一緒に暮らす意思もない妻と子どもにこれだけの金額を送金しなければならないのは、バカらしいと夫も思いはじめたようだ。

そして、夫がついに離婚に応じる姿勢を見せてきた。離婚後も子どもにきちんと会えること、必要な連絡は取り合えるようにすることが約束されたら、離婚に応じてもいい……。夫の気持ちが揺れはじめた。

そして突然、最後の調停の日が訪れた。

その日は、調停室に入るなり、男性の調停員が私に言った。

「今日、離婚できるように持っていきます。今日がチャンスだと思います。必ず離婚を決めなさい」

私は、調停員の鋭い眼差しを見た。私を見据えている真剣な瞳の奥底に、何か大きな決意が見えた。そしてそれは、調停員たちが全面的に私をバックアップしてくれているのだと確信できた瞬間でもあった。

「今日、私は離婚できるのですか？」

思いがけない言葉に、私は思わず聞き返した。長期戦を覚悟していた。突然、今日決着をつけると言われたことに、私はいささか面食らっていた。

「必ず、離婚させてあげます」

「では、お願いします。必ず決着させてください」

「わかりました。控え室でお待ちなさい」

長い時間が過ぎた。私は、再び調停室に呼ばれた。

「幸平さんが、離婚に同意いたしました。それで、お子さんとの面接ですが、月に一回程度と決めるのが一般的です」

調停員は言った。条文規定はないが、別れた側には子どもへの面接交渉権というのがある。それはどうしても取り決めなければならないことだそうだ。

「別れたあとも、こんな男に父親面されるなんて、冗談じゃない！」

それが私の本音である。こんな奴につきまとわれたのでは、新たなスタートを切れないではないか。いつまでもこんなことを認めた判例もどうかしている。

「これから仕事の本腰を入れなければならないのに、毎月など、とても会わせられません」

私は反論した。

調停員は、にこやかに言った。

「一応、そのような判例がありますが、それはお子さんの体力や機嫌や、そのときの状況で臨機応変に考えていただいていいんですよ。そんなに、きっちり毎月会わせること自体、無理でしょう。体調や、仕事や優先すべきことがあれば、日時を適当にずらしてください」

私は不本意だったが、従わざるを得ないと思った。そうすれば夫が離婚に同意すると言うのなら仕方がない。そう言えば、離婚には「親権」の争いもつきものと思っていたが、「親権」については一度も話し合われなかった。最初から最後まで、「親権者は母親」を前提とした調停だった。それだけでも、私はかなりラッキーだったのかもしれない。

「養育費は、お子さんひとりだけですし、あなたも仕事を持っていらっしゃるし、資格もある。四万円くらいでどうでしょう?」

私はずいぶん少ないと思った。年収一〇〇〇万円以上もある幸平が、月に四万円の養育費とはどういう計算なのだろう。そんな些細な金額で養育しているなどと大きな顔をされるのではかえって迷惑な話である。

「四万円の養育費などいりません。金額の問題ではありません。私は、彼とはもういっさい関わりたくないのです。赤ん坊がひとりで会いに行けるわけでもないので、必ず私がつき添わなければならない。もう、彼に会って話などしたくもないのです」

調停員は、静かに言った。

「養育費は、あなたのお金ではありません。お子さんに支払われるものなのです。ですからあなたが拒否することはできません。相手は、お子さんが成人するまで、あなたのお子さんに支払わなければならない義務があるのです。それに……」

調停員は続けた。

「お子さんの面接には、あなたがつき添う必要はありません。あなたのご両親とかベビーシッターとか、頼める方がいらっしゃるでしょう。もしベビーシッターが必要でしたら、相手と費用を折半するように言いましょう」

結局、子どもとの面接は月一回程度、養育費四万円ということで、夫はついに離婚することに同意した。

私は晴れて今日、この男から解放されるのだ。思いもかけない展開に、まさに夢を見ているようだった。誰でもいいから、この喜びを聞いてもらいたい気分だった。

調停員の「今日、絶対に離婚に持っていく」という言葉は本当に本当だったのだ。

私は、ついに自由を勝ち取った！

第四章

◆

裁判、再び「もと夫」との戦い

やっと判決を迎える

調停は、最終的に裁判官が合意内容を読み上げて終結する。この点は裁判と同じである。ここで決まったことは法的な効力を持つ。離婚届に判を押さなくとも、この時点で離婚したという事実が法的に発生する。

「判決があります。調停室にお入りください」

調停員が、控え室に私を呼びにきた。

「裁判官がいま、幸平さんに説明しているのですが、いまになって、『なぜ離婚されるのかわからない。なぜこんな結果になるんだ。離婚したくない』と言い出して……。裁判官も困っておられる」

調停員が、歩きながらそう言った。私はにわかに不安になってきた。まさかここへ来て、どんでん返しなんてないだろうな。いや、あの男のことだからやりかねない。

調停室では、裁判官と幸平が大声で激しくやり合っていた。何でもめているのかわからないまま、私は促された席に着いた。

調停員のほか、その日はじめて見る書記官らしい女性と男性もおり、狭い調停室はぎゅうぎゅう詰めだった。真ん中に老年の女裁判長が座っていた。

裁判長は幸平を怒鳴りつけていた。

「いつまで質問を繰り返すの。くどい！　判決を待っているのはあなただけじゃない。あなたにいちいち説明している暇はありません」

裁判長は、書記官の用意した文書を読みはじめた。さきほど調停で決まった事柄が一字一句、確認するように読み上げられた。しかし夫は、読み上げられている中途で裁判官をさえぎるように叫んだ。

「ちょっと待ってください。別れたあとも、毎月、必ず妻とメールや電話で連絡し合うということをつけ加えてください」

「奥さんに、いつまでもしつこくメールや電話をすることなどはやめなさい。そういったわずらわしいことは、いっさい、してはいけません」

裁判官は突き放すように夫に言った。そして続けて子どもの養育費について読み上げはじめた。

「養育費の支払いは、月四万円を月末までに預金口座に振り込んで行うものとする」

「ちょっと待ってください」

夫が再び叫んだ。いったい何なのだろう、この男は。裁判官、書記官、調停員、そこにいたすべての者の視線が夫の上に落ちた。

「養育費は送りますけど、何に使ったのか明らかにしてもらわなきゃ困ります。少なくとも振り込まれた妻の口座は、インターネットに登録して僕も照会できるようにしてください」

調停室は静まり返った。すべての者が、このどうしようもなく非常識な発言に、ただただあきれ返るばかりだった。

「あなたは……」

ようやく裁判官が口を切った。

「いま、この場所で、あなたと奥さんとは離婚したのですよ。法律的にあなたとは他人になったのです。他人の預金口座など、覗き見ることはできません」

やっと判決を迎える

「でも、僕の送ったお金が、ちゃんと届いたかどうかくらい、連絡してくれてもいいでしょう」

夫は引かなかった。調停員が口をはさんだ。

「送金したときに、あなたのほうが振込票を保管しておきなさい。それだけでいい。連絡の必要はありません」

夫はさすがに黙った。ついに観念したかのように見えた。

裁判官が、判決文を最後まで読み終わった。この瞬間、この男は「夫」ではなく、「もと夫」になったのだ。私は安堵と喜びに小躍りしたい気分だった。

裁判官が、次の判決のために、そそくさと席を立った。

「長いこと、ありがとうございました」

もと夫側の弁護士が調停員と私に言った。

「こちらこそ、ありがとうございました。調停員の先生、本当にありがとうございました」

もと夫は、呆然としたように無表情で突っ立っていた。私とは何の言葉も交わすことはなかった。女性書記官が、部屋を出ていく前にすっと私のほうへ近づいてきて言った。

「あなた、よかったわね。本当によかったわね。これから頑張ってね」

私は驚いた。書記官とは面識がなかった。今日はじめて会って、判決を読む本当に短い間、調停室に同席していただけだ。その書記官の、「本当によかったわね」の言葉には、多くの意味が込められているように思えた。

「ありがとうございました、ありがとうございました」

私はそう繰り返すばかりだった。足ばやに去っていく裁判官と書記官の後ろ姿を見つめながら、改めて考えさせられる私であった。

「こんなわずかなあいだしか見ていない人からでも、離婚してよかったと判断されるような夫だったのだ……」

「もと夫」からの嫌がらせ

調停では、私の思惑どおりに「離婚」が決着した。これで一件落着だろうと安易に考えていたが、もと夫・幸平が、そうやすやすと引っ込むはずがなかった。

調停が終結して半年も経たないうちに、幸平が一五〇万円の慰謝料を求めて裁判所に訴え出たのだ。予想もしていないことだった。

調停が終わり、私は市役所で離婚の手続きを取った。その際、私の健康保険証に子どもを扶養者とする手続きも申請したが、できなかった。幸平がまだ、自分の健康保険証で子どもを扶養家族としているため、私のほうでは手続きができないのだ。乳幼児はいつ、医者にかかるような事態に陥るかわからない。まだ抵抗力が弱い赤ん坊に、健康保険証がないのは非常に不安だ。最後の調停の際、保険証の異動手続きを早急にしてほしいと、幸平とその弁護士に念を押しておいたのだが、やはり約束は守られていなかった。

私は弁護士に、すぐに手続きをしてほしいとメールしたが、何日経っても返信はなかった。業を煮やして事務所に電話をしてみたが、弁護士は長期休暇中で、本人とはすぐに連絡は取れないとのこと。代わりに電話に出た女性が用件を聞くというので、メールの内容のとおり、早急に手続きしてほしいと私は訴えた。

「本人に、そう伝えておきます」

なるほど弁護士が代わって手続きすることはできないから、幸平に連絡するくらいしか方法はない。しかしそれきり、二週間ほど待ってみたが、何の音沙汰もない。私は再び市役所に保険証取得の手続きに行った。

「ダメですねぇ。先方でまだお子さんを扶養にしているので、こちらでは保険証を取得できないんですよ」

市役所の係の人も、私が何度も足を運んでいるのを知っているので、直接幸平の会社に電話して聞いてくれた。会社での返答はこうだった。

「本人には何度も言っているのですが、手続きしようとしないのです」

「もと夫」からの嫌がらせ

　やはり、幸平の下卑た嫌がらせがはじまったのだ。私は再度、弁護士の事務所に電話をした。

「なぜ、本人に手続きさせないのでしょう。嫌がらせとしか言いようがありません。最後の調停の際に、保険証の手続きは早急にすると約束したではありませんか。これでは子どもが病気になっても、病院にかかれません」

「私どもも、そのように幸平さんに言っているのですが、なかなか、そうすぐにはやりたくないと言っておりまして……。保険証のコピーがあれば、そちらで手続きできますか？」

「そうすぐにはやりたくない」とは、どういうことだ。これは幸平の気分しだいでするようなことなのだろうか。私は、事務所で用意した保険証のコピーを持って、再び市役所を訪れた。いったいこれで何度足を運んだだろう。しかし、結局のところ、手続きはできなかった。幸平本人が手続きをしない限り、できないと言うのである。

　嫌がらせと言っても、やっていいことと悪いことがあるだろう。憤然としながら、弁護士に苦情のメールを送った。いつまで休暇中か知らないが、それに対してまるで返事はなかった。弁護士にも当たりはずれがあるとはこのことだ。先方の弁護士だから、私が替えてくれとは言えないわけだが、まったく誠意がない。

子どもが熱を出した。病院に行きたいが、保険証がない。もう誰のことも当てにはできない。私は、世話になった裁判所の書記官に相談した。

「とりあえず、保険証がなくても病院にかかりなさい。幸平さんも会社も手続きを取らないのだったら、戸籍謄本を直接会社に送って、離婚したこと、親権者はあなたであることを会社に証明しなさい。それならば会社は手続きせざるを得ないでしょう」と言うと、受付の女性は、「では次回、見せてください。今日はいつもの支払いでいいです」と言ってくれた。私はほっと胸をなでおろした。

私は、保険証がないまま病院に行った。どきどきしながら「保険証は忘れました」

離婚後、はじめて幸平と子どもが面接する日がやってきた。最後の調停の日に決められた日だった。

「この最初の面接日は、必ず守っていただきたいのです。それ以降の面接日は、適当に決めていただいていいのですが、最初の面接日は裁判所で決めた日なので、変えないでいただきたい」

こう、調停員からは念を押されていた。生々しい戦いの直後の面接だ。本当は行きたくない。とくに私は、幸平の顔を見ることなど考えられない。

幸平との面接には、私の両親とベビーシッターが子どもにつくことになった。

この男は本当に子どもがかわいいのか

面接の当日。

幸平は、仰々しいビデオカメラ一式と袋に詰めたおもちゃを背負い込んで、時間ぴったりに現れた。時間直前に子どもをベビーシッターに引き渡し、私は少し離れた柱の陰で、面接の様子を見守っていた。

幸平は、私の両親に挨拶することもなく、そそくさとビデオをセットし、子どもを録画しはじめた。生まれてすぐの頃にしか幸平と会ったこともない子どもにとって、彼は見知らぬ男も同然である。そんな男が近づいてきてビデオのレンズを向けたものだから、子どもは火がついたように激しく泣き喚きはじめた。

幸平は、そんなことにはお構いなしである。ビデオを近づけようとする。一歳になったばかりの子どもは、よたよたとおぼつかない足取りで、男から逃げようと必死だ。私は歯ぎしりをする思いで、その光景を見守っていた。そこに居合わせた人たちも、

この男は本当に子どもがかわいいのか

その異様な光景に足を止め、話をやめて、何が起こっているのか興味深く注目している。

小さな子どもは、母親が見えなくなるだけでも不安にかられて泣き喚く。こんな異様な雰囲気の中では、不安と恐怖でいっぱいだろう。それでも幸平は執拗にカメラを構えて追いかけ回した。子どもが泣き叫びながら、私の両親の腕に逃げ込んだところで、私の父が言った。

「もうやめましょう。これでは子どもが可哀想だ」

幸平はようやくビデオを回すのをやめた。私は、ビデオごと殴りつけてやりたいくらいだった。

バカげた最初の面接が終わった。そしてその日から、一日に何通ものメールが、しかも毎日届くようになった。

【子どもに会えてよかったよ。次は来月の八日、午後一時。場所は、今日と同じ場所で待っている。必ず来るように。それから、このメールの返事は必ずするように】

次回の面接の日を幸平が一方的に決めたものだった。非常識なこの男は、子どもがはじめての面接で怯えたことに対する気遣いなど、毛筋ほども持ち合わせていない。返信など誰がするか。なぜ、次回の面接日を向こうが一方的に決めてくるのだ。そんな権利がお前にあるのか。

子どもに対する配慮はメールの行間にさえない。なぜこんな奴に子どもが会わねばならないのだろう。一歳になったばかりの子どもには、意思を表現するなど困難なわざだ。しかしもし自分の意思を表現できたとしたら「こんな男との面接は嫌だ！」と言ったに違いない。

【読んだでしょう？　何で返信しないのか？　必ず返信するように】

こんな内容のメールが、着信拒否をしても、アドレスを変えて次から次へと届く。ストーカーそのものだ。「離婚後には、もと妻へメールや電話などしないように」という裁判官の注意も、この男の耳には入らなかったのだろう。

私は、幸平が一方的に決めてきた「次回の面接の日」には行かなかった。

当日、その時間に私の携帯電話が鳴った。私は出なかった。携帯電話は一時間以上、

この男は本当に子どもがかわいいのか

鳴り続けた。夜になるまで、携帯電話は数分間切れては鳴り、また切れては鳴るを繰り返していた。私は即刻、携帯電話を解約した。

その夜から、メールの着信は倍になった。

【今日、指定した時間に来なかった。なぜだ？　約束どおりに誠意を示せ。次は来週の一三日。午後二時。場所は今日指定した場所と同じ。次回は必ず来るように】

私は無視した。約束などした覚えはない。だいたい、健康保険証の手続きは早急にするという最後の調停の日にした約束を、自分は守ったと言うのか。しつこいメールや電話はしないという約束は守っているのか。自分さえよければいいという、お前の一方的な要求に耳を貸す必要はない。

【なぜ、何も返信してこないのだ？　次回は絶対に来るように。来なかったら法的手段を取る。返信してこないなら、了承したとする……】

私は無視し続けた。当然、次回という幸平の指定した日にも行かず、何の連絡もしなかった。

【また約束を破った。裁判所からも、何度も督促が来ているはずだ。裁判所の命令に

も従わないのか？　なぜ何も返信してこないのだ？　今度こそ法的手段を取る】

このようなメールが、アドレスを変えて次から次へと届いた。いくら着信拒否をしても、いたちごっこだ。

裁判所からの「督促」とは何だろう。「履行勧告」のことを言っているのだろうか。履行勧告とは、調停で決まった事項を相手が守らなかったとき、家庭裁判所が、その義務を履行するように勧告することだが、それは申立人が申し立てなければならない。申し立てがあった場合は、家裁の調査官が状況を調査し、相手方が正当な理由なく義務を履行していない場合は、「履行勧告」をする。しかし私は、家裁から義務を履行するようにという命令を受けたことは一度もなかった。

数日後、相変わらず幸平からのメールは続いていた。そして、裁判所から、はじめて電話があった。

「幸平さんから、毎日のように裁判所に電話がありまして……。園子さんから連絡をよこすように言ってほしいとか、面接の日に必ず来るように言ってほしいとか……」

電話をかけてきたのは家裁の書記官だった。幸平から相当の電話攻勢を受けているのだろう。かなりうんざりした口調だった。

「このお電話は、私に対する履行勧告ですか？」

「いいえ違います。履行勧告など出しておりません。幸平さんから、何度も電話が来ているということだけをお伝えするもので、履行しろと言っているのではありません」

「私も毎日何通も届くメールと、携帯電話を鳴らし続けるという彼の行為には、精神的に疲労させられております。また子どもへの配慮もなく、故意に健康保険証の手続きをしなかったり、面接のときは嫌がる子どもを追いかけ回したり。まるでストーカーのようです」

「警察に相談しましたか？」

書記官が言った。それまで警察に相談するということまで考えたことはなかった。

「いいえ、していませんが、その必要がありますか」

「一度は相談しておいたほうがいいですね。いまはストーカーに対する法律もできたことですし」

「私は、家裁にこのような行動をやめさせてほしいという旨の『上申書』を提出しようと思っていたのですが」

「では、すぐに『上申書』を裁判長宛に提出してください。そうすれば今後も『履行勧告』が出されることはありません」

書記官はそう言って電話を切った。次の日、私は速達で「上申書」を裁判長宛に送った。

それから数日して幸平からのメールがやんだ。裁判所が幸平に「履行勧告はしない」とでも言ったのだろうか。それとも私が上申書を提出したことがわかったのだろうか。

しかし、それはどれも違っていた。幸平の弁護士から、内容証明が届いたのだ。

「もと夫」から訴状が届く

「あなたは裁判所からの再三にわたる履行勧告にも応じず、義務を履行していません。つきましては、早急に幸平さんと連絡を取るように……」

また、この弁護士は、幸平の言をすっかり鵜呑みにしているのだ。誰が「再三にわたる履行勧告」を受けたというのだ。ちょっと調べてみれば、そのような事実がないことくらいはすぐわかる。本当に何度、同じことを繰り返せば気がすむのだろう。幸平の言うことに嘘が多かったことは、離婚調停を通じて弁護士にもわかったのではないかと思うのだが。あまりにもバカらしくて、弁護士の通知も無視した。

こうして一か月が経過したある日、突然、裁判所から「慰謝料請求の訴状」が届いた。原告は、幸平と代理人の弁護士だった。訴状の内容はこうだ。

「被告、宮崎園子は、故意に原告との必要な連絡を無視し続け、裁判所からの再三にわたる履行勧告にも応じず、子どもとの面接も実行しなかった。原告は、調停での決定どおり、養育費四万円を毎月、誠実に送金している。しかし被告には一片の誠意も見られない。これにより、原告は精神的に苦痛を受けたので、被告に一五〇万円の慰謝料を請求するものとする」

また、この非常識な連中と関わらなければならなくなってしまった。裁判所からの訴状は無視するわけには行かない。何かしら答弁しなければ、敗訴してしまう。私はついに重い腰を上げた。

まずは、市の無料法律相談に予約した。それから、仕事上で面識のあった弁護士にアポイントメントを取った。

余談になるが、市の無料法律相談というのは、まったく話にならないシロモノだった。「う〜ん、それはその嫌がらせを受けたという証拠になるものを用意して、弁護士に依頼したほうがいいと思いますよ」というアドバイス程度である。ものの一〇分もかからない。具体的なことは、何も教えてもらうことができなかった。

「もと夫」から訴状が届く

私は、仕事で以前に案件を依頼したことのある弁護士に相談に行った。弁護士は、訴状の内容を見て笑った。

「一五〇万円というのは、どこから来た数字でしょうねぇ」

私は弁護士に、調停離婚までのいきさつや離婚後の嫌がらせなどを、二時間にわたって説明した。そして第一回目の面接以降、面接には応じていない旨を話した。弁護士は言った。

「履行勧告は受けているのですね？」

「いいえ、一度も受けておりません。家裁に確認していただいてもけっこうです」

私は答えた。弁護士は腑に落ちない様子だった。

「親権者ではない側には、判例でも認められているように、子どもへの面接交渉権があります。だから、絶対に面接させないとあなたが言うことはできません。理由なく面接を拒否した場合は、裁判所から履行勧告が出されます」

「私への履行勧告は出されていないと書記官が言っていました。そして、早急に上申書を提出するようにとのことでしたので、次の日に上申書を提出しました。それで今後も履行勧告が出されることはないと書記官が言っていましたけれど」

「では、私も家裁に確認してみましょうか」

弁護士は言った。私からの依頼があれば、弁護士も家裁に確認することができる。

「保険証の手続きを故意に遅滞させたり、しつこいメールや電話を受けたりしたことの証拠になるものはありますか」

私は、幸平の弁護士へ、再三にわたって保険証手続き依頼のメールをしたコピーと、裁判所への上申書の控えを出した。幸平から送られてきた、あまりにしつこいメールはすべてを取り揃えることができなかった。毎回毎回同じ内容のメールだったので、削除してしまったのだ。弁護士は、答弁書を作成して第一回目の出廷日に提出すると言った。

「その日は欠席しましょう。出廷は第二回からでいいんです。それまでに、あなたのほうも原告側に対する要求を箇条書きにして準備しておいてください」

今回は私も、弁護士を立てることを決意した。弁護士がついていると思うとさすがに気が楽で、いくぶんリラックスできたのは事実である。

「もと夫」から訴状が届く

裁判は、原告幸平が私の弁護士が作成した答弁書を読んで全面的に謝罪し、慰謝料の請求を取り下げたことからはじまった。幸平側の弁護士は答弁書を読んで、家裁から一度も「履行勧告」が出されていなかったことをはじめて知ったようだった。

当然、それで早期に決着するはずだった。しかし幸平の「非常識な要望」が再びはじまったことで、裁判はそれから一年にわたって延々と続くことになる。

私から幸平に要望した内容は次のとおりだった。

「面接で子どものビデオ撮影や写真撮影は固くお断りする。さらに子どもを脅すような行為があった場合には直ちに面接を中止する。子どもが意思表示できるようになった場合は、面接の有無は子どもの意思に従う。子どもが意思を表示できない時期は、面接は隔月の第三日曜日とする。もし体調など都合が悪いときは、私の両親の携帯電話で連絡を取り合うものとし、私、園子に直接電話やメールなどは絶対にしない」

これに対し、幸平の要望は、次のとおりだった。

「子どものビデオ撮影は続行する。ただし自分ではうまく撮影できないので、次回からはプロのカメラマンに依頼して、面接の一部始終を撮影させる。面接は調停で決めたとおり、毎月とする。面接には、被告の両親ではなく、被告本人がつき添うようにしてほしい。面接の日時に都合が悪くなった場合は、被告、園子と原告は直接連絡を取り合うものとする。被告、園子との携帯電話が通じなくなったので、被告は早急に番号を知らせてほしい」

これらの要求は、双方ともまったく譲ることなく平行線のまま、数か月が過ぎた。しかし当然、裁判の最中は、子どもの面接は宙に浮いたままだ。私は裁判が長引いても構わないと思った。子どもに会わせなくてすむ。ありがたいくらいのものだ。

もう離婚は決着している。慰謝料の請求も原告は取り下げた。あとは、こちらの要望をとおすだけだ。幸平の要望など、誰が聞くものか。私には、幸平の要望の一行たりとも受け入れる気はない。

勝訴になるのは当然の結果

そして長引く裁判で、幸平はしだいにいらいらしはじめていた。

「何だってこんなに少しずつの時間で、のろのろ進めるんですか。こっちだって仕事を休んで来ているんですよ。決めることは、一日かかってもいいから、その日のうちに決めてください。時間の無駄です！」

幸平が裁判長にくってかかった。幸平のために裁判所がすべてを優先してくれると思っているのだろうか。自分が提訴したのである。仕事を休んで出廷することくらい覚悟のうえではないのか。裁判が長引くことだって事前に予測できないことではない。何もかもが自分が蒔いた種である。

「これでも最大限、あなたのために時間を取って話し合いを持っているのです。まだまだたくさんの人が、裁判を待っているのですよ」

裁判長は静かに言った。幸平の弁護士は苦り切った顔で幸平を叱責した。

私の弁護士が言った。

「感情的な問題もあるので、被告本人との直接の面接や連絡は避けたほうがいいでしょう。また被告の両親は、被告と一緒に住んで子どもの養育をしているのですから、面接のつき添いや連絡は被告の両親で十分です」

幸平の弁護士が折れはじめた。

「そうですねぇ。両親と連絡を取れば、本人にも確実に伝わるわけですし。何も本人と直接話さなくたってね」

幸平の弁護士は続けた。

「毎月面接となると、双方とも仕事があることですしたいへんでしょう。そちらの要望どおり隔月でよろしいんじゃないでしょうか」

自分の依頼した弁護士にそう言われて、幸平は黙った。

「では、面接は隔月の第三日曜日とし、都合が悪いときの連絡は、原告と被告の両親との間で電話またはファクスで行うものとする、でよろしいですね」

裁判長が言った。まるで調停のような裁判だ。

勝訴になるのは当然の結果

「そこに、〝面接は子どもの意思に従う〟と入れてください」

私は弁護士に促されて言った。「子どもの意思に従う」とは、子どもが面接を、「NO」と言えば、それに従うという意味だ。面接の有無はすべて子どもの意思しだいとなる。重要なポイントだ。

「それで、いいですか?」

裁判長は原告に問うた。幸平の弁護士が、「いいです」と答えたので、幸平も仕方なく頷いた様子だった。

「それから、お子さんのビデオ撮影の件ですが……」

「それは、絶対に必要です!」

黙りこくっていた幸平が突然、叫んだ。

「みなさんは、私が言っている、ビデオ撮影の必要性の本当の意義を知らないんです」

幸平は自信たっぷりに立ち上がり、身ぶり手ぶりを交えて演説しはじめた。

「私が、プロのカメラマンに依頼しようとまで考えているのは、被告の両親の行動が問題だからです。面接時に、被告の両親に問題行動がなかったかどうか、ビデオ撮影していれば、あとで確認することができます。そうすれば、のちのちまた裁判があったときの証拠となりますし」

とくとくと続ける幸平の演説を、私の弁護士がさえぎった。

「あなたのビデオ撮影は、子どもの成長を見たいというためではないのですね。本末転倒ですな。そんな他人のアラ探しのビデオなど許されたものではない。ビデオも写真撮影もやめていただきましょう」

幸平の弁護士も、ぐうの音も出なかった。あっけなく幸平の要望はすべて否定された。ビデオ撮影も写真撮影も禁じられることになった。そして、面接にベビーシッターをつき添わせた場合は、幸平が費用を負担することになった。一五〇万円の慰謝料請求が、かえって費用を負担する結果になったのだ。

こうして、一年という時間を費やした裁判だったが、結果は、最初に提示した私の要望が全面的にかなえられた判決が下った。

あわよくば、私から一五〇万円という金銭を取れると意気込んでいた幸平。裁判では、自分の弁護士が被告である私に謝罪し一五〇万円を取り下げたばかりか、幸平自身が提示した要望はすべて却下されてしまった。

裁判は調停と違って、勝つか負けるかだ。しかもその勝負は、裁判官と弁護士に委ねられている。勝つ裁判に導いてくれる裁判官と弁護士に、巡り会えるかどうかは自分自身の運だ。私は幸いなことによい弁護士に巡り会え、裁判に勝つことができた。結果的に現状が改善されたのである。

調停から裁判。幸平との長い長い戦いが、ついに終結した。そしていま、幸平とは話をすることも顔を合わせることもない。赤の他人である。こうして当時のことを書き記し、読み返してみない限り、幸平のことはすっかり忘れ去っている。調停のことも、裁判のことも、日々の生活の中では思い出すこともない。

子どもと仕事と、私の両親。いまの私にはこれだけだ。毎日の生活が平穏に過ぎていく。家庭とは、家族とは、こうやって空気のように平穏に存在するものなのだ。

苦痛な時間は長く感じられる。しかし戦いが終わって、長い人生の中で振り返ってみれば、それはほんのひとこまに過ぎない。これからの人生のほうが、ずっとずっと長い。そんな人生の中で、調停、裁判という経験は貴重な勉強だったと、いまではそう思っている。

私の経験から言うと、離婚は調停で決着するのがいちばんよいと思う。夫婦ふたりだけの協議で決める協議離婚よりも、長引く裁判離婚よりも、調停で決めるのが、精神的にも経済的にも負担が少なく、かつ法的な効力を持つからだ。

裁判になってしまうと、弁護士に依頼せざるを得ない。弁護士にも当たりはずれがある。事務的な弁護士も少なくはない。離婚裁判など金にならないと考えていやいや引き受ける弁護士もいるらしい。そんな弁護士に依頼してしまうと、まるでやる気のない弁護人となってしまう。自分との相性ももちろん大切だが、どれだけ親身になってくれる弁護士かを見極めることも大切になる。

裁判という事態になって、一〇〇パーセント勝訴に導いてくれた弁護士に巡り会えたことは、私にとってとても幸運であったのだ。

第五章

◆

離婚のススメ

夫の暴力、妻も夫を殴り倒せ

他人を殴って怪我をさせると刑事事件になる。しかし、夫がその「所有物」である妻を殴り放題殴って、怪我をさせようが、半殺しにしようが、いままでほとんど取りざたされることはなかった。警察は「民事不介入」と言って、ただの夫婦喧嘩扱いにされ、暴力を止めることにさえ消極的だったと言っていい。妻が殺されてはじめて、刑事事件になる。ほんのつい最近まで、妻が死なない限り干渉しないのが、世間の常識だった。「夫婦喧嘩は犬も食わない」とよく言われたものだった。

いま頃になって、やっとＤＶ（ドメスティック・バイオレンス）という言葉が注目され、妻や女を守ろうという社会情勢に変わってきつつある。法律も、〝ものすごく〟遅ればせながら、ＤＶ防止法ができた。本当に、いま頃になって。

なぜ、ここまで、ドメスティック・バイオレンスが認識されなかったのだろうか。それは、妻（女）側にも、大きな原因があると思う。

妻は夫婦喧嘩の最中に、思わず手が出てしまった夫を、驚くほど寛容に受け止めてやる傾向がある。夫が思わず手を上げたのは、「自分が悪かったから……」などと、夫を弁護する妻さえいる。なぜ、それほどまでに人がいいのだろう。手を上げるという行為自体が、理由はどうあれ一〇〇パーセント悪い。暴力男を弁護する余地など、ひとかけらもないはずだ。

殴られたら、自分も殴り返せ。そんなことをしたらもっと殴られると言うのなら、空手や拳法を習って、徹底的に夫を殴って、殴って、殴り倒せ。夫を、反撃の余地もないくらい痛めつけてやるのだ。それができないと言うのなら、一度でも夫が殴りかかってきた時点で、即刻離婚したほうがいい。

夫に反撃の余地を与え、または、自分が殴られる一方だったとしたら、その暴力は、永遠に続けられることを覚悟するべきである。私がここまで極論するのは、暴力を振るう夫にとって、その暴力が生涯たった一度だけということはあり得ないことを知っているからだ。事実、私の夫も私に向かって何度も手を上げげた。

いばりくさっている男の理不尽な要求に「はい、はい」と無抵抗に従っている妻は、私には餌をもらうために主人に尾を振る飼い犬に見える。一度でも暴力を振るった夫（男）を、キリストの精神で許したとしても、相手には伝わらない。自分に反撃するだけの腕力がないなら、一度目で、離婚を考えたほうがいい。一回の暴力は一〇〇回の暴力に等しい。一度で終わることはあり得ない。これは絶対に肝に銘じていてほしい。

コンプレックスのある男は暴力を振るう

学歴コンプレックス、容姿コンプレックス、性格コンプレックス、生い立ちコンプレックス……。夫が少しでも妻に対して何かコンプレックスを持っているようだと、いずれ暴力男に変わっていくことが多い。その兆しが見えた場合、暴力を振るわれる前に他人とならなければ、傷害罪で訴えることが難しい。

こんな話を聞いた覚えはないだろうか。夫は上司から「次の部長のポストは、キミだ」と言われているらしいのだが、「次」は、いつまで経っても来ない。気がつくと部長職の候補からはとうにはずされ、部下だった者が次々と部長に昇進していく。

「俺は旧帝大出身じゃないから、出世できないんだよ。たいしたことなくても部長になった奴らは、みんな帝大出身だ。あんな奴が部長になったんじゃ、この会社はおしまいだよ。人を見る目がないからな」

夫は言い訳にこれ努める。他人を誹謗中傷することにかけては天下一品。奇抜なアイディアと雄弁さで会社では一目置かれている、業界でも自分は有名なのだ……などと豪語できるのは、家の中だけ、妻にだけだ。誰も、こんな酒癖の悪い、へ理屈ばかりのケチな男を最初から評価などしていない。

学歴が地味だというコンプレックスで、出世できないのもそのせいにしようとする。まるで能力があっても出世できないような口ぶりだ。笑わせてくれる。

こういう男は、自分の非を決して認めない。悪いのは会社の体制や社会の慣習、上司や、部下、そして妻なのだ。どうやっても思いどおりに行かない人生は、すべて他人のせい。そして、いちばん身近にいる他人、「妻」にその矛先が向くと、俺の人生はこの女にめちゃくちゃにされたなどと被害妄想を抱きはじめる。そして、それはすぐさま妻への暴力に変わっていく。

嫉妬深いのも、要は妻に対するコンプレックスを抱えているからだ。

妻が外で働いていようものなら、不安で不安で仕方がない。妻の職場のすべての男が、妻の浮気相手に見えてしまう。妻が帰ってくるのを待ち構えて、妻にありとあらゆる罵詈雑言を浴びせ責め立てる。

いつものように朝、出勤しようとしていた私に、夫が憎々しげに言った。

「化粧なんかするなって言ってるだろ。ウチの会社じゃな、誰も化粧なんかしてないんだよ。この化け物！」

やにわに夫の腕が伸びてきて、私の化粧を拭い取った。私は、あまりの驚きに声も出なかった。

会社では、多くの取引先と打ち合わせをしたり、接客したりしなければならない。化粧なしの素顔で応対することは常識的に考えられないことだった。社会に出た際に女が化粧をある意味「強要」されていることには、別の問題があるかもしれないが、少なくとも私が働いていた職場では部下、上司、すべての女性社員が、素顔で出社することはなかった。外出するときの化粧は、たぶん一般的な女性にとって習慣のようなもので、「化粧をする＝男の気を引く」という構造ではない。これらの状況を夫に説明しても、彼はまったく聞く耳を持たない。仕方がないので、私は夫の言葉を無視して、毎朝普段どおりに化粧をして出勤していた。

「化け物」

「ブス女」

夫の私への呼び名が、こう変わった。

テレビを見ていても、外を歩いていても、化粧している女性を見かけると、夫は必ず吐き捨てるように言う。

「見ろ！　ブス女はみんな、化粧しているから」


容貌で言うなら夫こそ特異である。豆粒ほどの小さな目と目の間が一里ほども離れていて魚のようだったし、相当大きなダンゴ鼻よりも口のほうがさらに突き出ているのは、鳥のくちばしのようだった。

見慣れてしまうのか、結婚しているあいだはそれほど気にならなかった。離婚裁判で何か月ぶりかで彼と顔を合わせたとき、驚くほど奇妙な容貌を改めて眺めると、つき添ってくれた弁護士にも気恥ずかしさを覚えた。

妻や親、子どもなど、ごく身近な人間であっても、決して言ってはならないことがたくさんあると思う。私は、夫の奇妙極まりない容貌について、非難したり、からかったりしたことは一度もなかった。それは本人がいちばんよくわかっている、どうにもならないことであり、その負い目は生まれたときからずっとあったはずだからだ。

夫が、妻よりも学歴や出身校や家柄などで劣り、それを気にかけているような男であれば、それはいずれ妻への暴力で鬱憤をはらすようになるだろう。異常な嫉妬心も、妻という人間がそばにいる限り、生涯治まらない。身に覚えのない浮気をでっち上げられたら、暴力がはじまる前に別れたほうがいい。

絶対になおるはずのない悪い癖

暴力と同じく、絶対になおらない性癖がある。前述したように酒癖、借金癖、女癖などである。これら、生活に支障を来すような癖がある場合は、それがわかった時点で見切りをつけるのが肝心だ。

癖はその人間が長年培ってきたものだから、素人がなおすのはとうてい無理なのだ。

「私がいなければ、この人はダメになる」

まるで殉教者の気分でダメ男に見切りをつけられない妻（女）は、とんでもない勘違いをしている。思い上がりもはなはだしい。尽くすことで男を変えられるなど大間違いだ。そんな勘違い女がくっついているからこそ、だらしない性癖の男はますます自堕落になる。世話を焼かれれば焼かれるほど比例してダメになっていくのである。

そういう男は、見限られてはじめて、自分のバカさ加減を思い知ることができる。

ふん切りの悪い妻（女）は、男の軽々しい口車に乗ってはならない。くだらない性

絶対になおるはずのない悪い癖

癖のある男は、不思議なことに言い訳にたけている。そのうえ、納得しない妻に口論で負けると、突然問答無用で手を上げたりするものだ。

自分の命を縮めるか否かは、自分自身の決断にかかっている。

人間は、それまでの環境とあまりにも違う劣悪な環境に置かれたとき、相当なストレスを感じるのは間違いない。身体の諸器官にもさまざまな病的変化が忍び寄ってくる。それらの病変は自分自身が気づかないうちに身体を蝕んでくるから怖い。

夫の悪癖に苦しめられている妻たちは、出会わなければ見知らぬ他人で終わったかもしれない男に、精神的にも身体的にもボロボロにされることを、愚の骨頂だと思わないのだろうか。

生涯を、そんな奴に捧げることはない。他人に戻るための一時の努力は、長い生涯から見たら一瞬のことである。いまは幸い、ＤＶ防止法もできた。行動を起こすことだ。でなければ誰の人生かわからなくなる。何はともあれ最初にやるべきなのは、離婚のための行動を起こすこと。離婚が罪だの恥だのと言う時代は、もう終わった。

共稼ぎ、それでも家事は妻なのか

私は、結婚後も仕事を続けていた。私の仕事は国家資格を持つ専門職だったから、結婚したら辞めようなどという気はなかった。

いまのご時世、結婚したら専業主婦になるなどという人は、希少種と言えるかもしれない。夫ひとりの収入では経済的にやっていけないという場合も多いし、仮に夫が高給取りであっても自分の仕事は捨てないという女は増えてきている。とくに結婚年齢が高い場合は、自分の仕事を確立している女も多いことだろう。

それまでの自分の仕事をいっさい捨てても家庭を守りたいという妻なら、家事育児も半々にしろと言うには、立場が弱いかもしれない。育児はともかく、少なくとも食事の支度くらいは妻がやらなければならないだろう。三食昼寝つきなどとさげすまれても、そのほうが楽だ、自分に向いていると言うのならそうすればいい。

しかし、夫もいつリストラされるかもしれない、早期退職を勧奨されるかもしれない。いや最悪の場合、夫の職場自体がなくなってしまう可能性もある。それでも、夫の扶養になっていることを是とするのなら、それはそれで好きにすればいい。絶対に働きたくない女は、どんな悪癖のある夫にでもしがみついているしかないだろう。はじめに言ったように、これは飼い犬の人生だと私は思うが、本人がそれを望むのであれば、それもひとつの生き方である。

しかし、スペシャリストとして自分の仕事に生きがいを持っているのだったら、結婚イコール家庭に入ると考えるのは、愚かなことだ。

妻が夫より出世したり、夫より専門的な仕事をしていることを、少しでもやっかむような夫であれば、それは夫である価値も資格も全然ない。こんな夫ならいないほうがよっぽどましだ。

夫の役職が妻より下だった場合、彼女が彼を頼りなく思うこともままあるだろう。一方で、自分の仕事を確立している女であれば、夫の甲斐性などは当てにしなくてもよい心安さがある。また妻が夫に養われ家庭内で生きることで、どちらも不満がないのならば、それはそれでもいい。仕事も家庭もそれぞれが自立して、共有していけるのであれば、それがいちばんいい。家庭内の役割は、百組の夫婦がいれば百様であってよい。

ところが、女を「嫁にもらってやる」という感覚を持っている男の子の親がいまだにいる。それも決して少ない数ではない。「息子は、一流大学を卒業し、一流企業に勤めている。金をかけて、こんな申し分のない息子に育て上げたのだ。こんな息子の嫁になる女は、まさしく玉の輿に乗ったことになる。息子のために三つ指ついて尽くすことなど当然だ」などと思い上がっている。親だけは時代錯誤のままでいる。

少子化の時代、ひとりっ子の女の子も増えた。女の子の親も、子どもに学歴を身に着けさせ、将来一流の仕事に就けるように、やっきになっている。女も男と同様に、小さいときから親にお金をかけてもらっているのだ。その結果、女も同じように学歴や資格を身に着け、自分の仕事に意欲と誇りを持っているのは、いまや普通のことである。

しかし、職場でいきいきと働いているのにもかかわらず、家に帰ると夫に虐げられている。食事の支度だの洗濯だの掃除だの、家事のいっさいをやらされる状況になっていることが多い。夫の親が、深く家庭生活にくちばしを入れてきて、「もらってやった嫁」が家事全般をうやうやしくこなしているか、油断なく見張っているのだ。

女の子の親は、娘を身辺的にも自立させ、社会的にも自立させるように教育している場合が多い。ところが、男の子の親はどうか。出世させたいとか、経済的に恵まれた生活をさせたいということにつながる教育には労を惜しまないが、自分の身の回りのことくらい自分でできるようにさせようという育て方をしている親などめったにいない。少なくとも私の周りにはいなかった。

男の子は小さな頃から、洗濯も掃除も親がしてくれて当たり前、ごはんも時間になったら自動的に食卓に並ぶと思っているようだ。母親がすべてをやる。結婚したら「嫁」がそれをやるのだから、大事な息子によけいなことをさせる必要ないと言わんばかりである。

親の言いなりにならず、妻を思いやり、自ら進んで家事を半分やるような男だったら、結婚に値するかもしれない。しかし多くの場合、妻は仕事で疲れた身体に鞭打って、家に帰れば食事の支度などの家事いっさいをしなければならない。妻が台所に立って、休む暇もなく食事の支度をしている間、夫はソファに寝そべってテレビを見ている。この立場が逆になることはまずあり得ない。

こういった状況がごく当たり前になっている場合は、すぐに自分の環境を見つめなおすべきだ。同じように仕事を持ち、稼いでいるのだったら、家事という「仕事」も家の中で分担されるべきことを夫に理解させなければならない。それができない夫なら、そんな奴の無償の家政婦になる必要はない。早急に家政婦の地位から自らを解放すべきである。

調査によると、家事・育児を手伝う夫は日本がいちばん少ないそうだ。家事・育児が妻の仕事と決めつけている世の男ども。そしてその親の、鼻っぱしらをへし折ってやるためにも、妻から三行半を叩きつけてやろう。

盆暮れ・正月　夫の実家で奴隷になるな！

結婚して数日経った頃、私の夫（だった男）ははっきりと、こう私に宣言した。世に言う関白宣言だ。

（一）結婚したら、盆暮れは必ず夫婦揃って夫の実家に挨拶に行くこと。妻は夫の実家の墓参りをし、盆暮れ・正月は夫の家のしきたりをはやく身に着け、それに従い、その用意を手伝うこと。

（二）妻は、仕事をしていても、夫より先に帰って夕食の支度をし、夫の帰りを待つこと。

（三）妻は、食事の支度のほか、掃除、洗濯、夫の出勤の用意など、家事のいっさいをすること。

（四）妻は、夫が飲んで、どんなに遅く帰っても、笑顔で迎えること。

（五）この家は、夫名義の家であることを常に念頭に置き、夫の家を汚したり傷つけたりしないよう気を配ること。

(六) すべてのことの決定には夫の許可を得ること。無駄遣いを極力しないようにし、質素を心がけること。

夫がもし、口に出してこう言わなかったとしても、おおかたの男はそれが当然だと思っているか、そうなることが非常に望ましいと思っている。

私の夫だった男は、こういうしきたりの中で育ったと言う。これを聞いて、世の妻はどう思うだろう。

「そんなの普通よ。どこのウチだってそうじゃない。わざわざ宣言しなくたってウチではいつも普通にやってることよ」

そういう妻は多いかもしれない。餌を与えてくれる人を「主人」だと思って尾っぽを振る妻は、思考回路まで犬と化しているため、こんなバカげたしきたりに疑問を持つことさえしない。たとえ疑問も不満もあったとしても、「そうは言っても、現実は、盆暮れに夫の実家に行けば、何かしら手伝わなければならない状況になる」と妻は反論するだろう。夫が実家でのびのびとくつろいで、母親の手料理を突つきながら酒を飲みテレビを見ている傍らで、妻も一緒になってくつろぐわけには行かない、と。座ることもなく台所に立って、姑の指図どおりに手伝い、その家の長年の風習を身に着けようと努力するだろう。

なぜ、そんなバカバカしいことに、妻が努力しなければならないのだ。なぜそれを疑問に思わないのだろう。その家の長年の風習など、夫のほうがよく知っているではないか。夫の家の勝手は、夫がいちばんよく知っているはず。夫が台所に立って、姑から教われればよい。

男はできない、などと言わせておくほうが間違っている。家事のできない男は、家事を教えられていないからである。能力がないということではない。男がするのはおかしい、などと言うのなら、何がおかしいのか教えてもらいたい。男のほうこそ、自分の実家に帰れば、家中を掃除し、食事の支度をし、手料理を並べて、遠方から連れてきた妻をねぎらい、もてなすのが当然だろう。それができない夫なら、盆だの暮れだのに夫の実家にのこのこついていく必要はない。

妻はまず、「自分だけがなぜ、こんなところで、休む暇もなく働いているのか」という疑問を持てるだけの能力を身に着けることだ。疑問を呈してこそ、「主人（夫）」の飼い犬であることに終止符が打てる。

私も結婚してすぐに、さっそく盆が来た。夫は関白宣言のとおり、私に言った。
「盆には、うちの実家に行って実家の大掃除をしてくれ。それから墓参りや親戚たちへの挨拶もあるからな。夕食の買い物と食事の支度は、お袋に従ってくれ。お袋が気を遣うといけないから、次の日の朝食はいらないと、言ったほうがいいぞ。行く前に、お土産を忘れずに買っておけよ。あまり安物は駄目だからな」
夫の実家に行くために、夫には私に命じなければならない事柄がこれだけあった。

では、私の実家に対しては、どういう考えを持っていたのか。驚くべきことに、私の実家には、はじめから行く気がなかった。私の実家は、夫の実家に比べたら目と鼻の先にある。ところが夫には、私の実家に顔を出しておこうなどという考えはさらさらなかったのである。この非常識なバカ男は、結婚する資格などはじめからなかったとしか言いようがない。

夫と私の両親とは、彼が結婚の挨拶にも来なかったことから、結婚当初から不仲だった。盆休みは、夫が私の実家と仲直りができる最良のチャンスと私は思っていた。夫が私にした「関白宣言」だが、実は私のほうから同じ内容のものを夫に対して告げたかった。そうすればこじれた仲も修復できただろうから。私に夫の実家の掃除を命じるならば、先に夫が私の実家に行って掃除をし、家のことを手伝ってもおかしくないはずだ。

結婚してはじめてのその盆、私は夫の実家に行って、掃除と夕食の支度をしてやった。一方で夫は、私の実家に行く気配をまったく見せなかった。それどころか、私の実家の話すらしようとしない。これは許せない行為であった。私は夫に宣言した。

「あなたが私の実家をないがしろにするのであれば、私もあなたの実家に関わり合う気はない。これからは、自分の家には自分ひとりで行って、掃除だの手伝いだのすればいい。私は、掃除屋でもないし、便利屋でもない。私の実家を掃除しない男の実家を、私が掃除する義務は全然ない」

それから私は、夫の実家には二度と行かなかった。

盆暮れ・正月に、妻を従えて実家に帰り、妻をこき使うことが当然と思っている夫であれば、「自分ひとりで行け！」と一喝してやるべきだ。こういう男は、実家の両親やら親戚に、妻をあごで使っているところを、大いに見せびらかしたい願望がある。妻のほうも妻のほうで、舅姑の手前、ついつい、いい嫁を演じてしまったりする。

いい嫁を演じるくらいバカらしい猿芝居はない。そんな猿回しの猿になり下がって夫の実家で掃除屋にもなり、炊事やら外回りやら一手に引き受ける便利屋にもなるくらいなら、いっさい、夫の実家には関わるべきではない。そこまで自分を貶める必要はない。それは夫の仕事だ。夫ひとりで実家に行けばよい。

結婚したら、男が妻の姓になれ

女が結婚して男の姓になるのは、何も当然のことではない。民法でも、男の姓を名乗れなどとはどこにも書いていない。しかし、世の女の九割以上が、男の姓になる。これは、結婚したらどちらか一方の姓を名乗らなければならないからだが、依然として家長制度の影響で、女は男の姓になることを慣習的に強要されている。

そのせいで男は、女が自分の「所有物」になったと勘違いする。自分と同じ姓になったことで、女の実家から法律的にも女を奪い取ったと錯覚する。だから女が、終生男の側（親、親族など一族郎党）に尽くすことが当たり前だと思っているのだ。

従って女の実家は、男の実家にとって従順な家来にしか過ぎない。自分（男）を少しでも気に入らないと思っているような妻の実家になど行く必要もないし、妻の親が、自分（男）側に不躾な態度を取ろうものなら、その後のつき合いもいらないなどと男は当然のように考えている。

男側が、このように考えてしまう、もしくは勘違いしてしまうのは、多分に結婚後の「姓」が影響している。いままで他人名義だった土地が、自分名義に登記されたら、それはもう自分の所有物になったと考えるのも無理からぬことだ。それと同様に考えているのだろう。

誰でも長年使い慣れた「姓」を、そう簡単には変えたくないものだ。だいいち面倒だし、結婚したとか、離婚したとかいう個人情報が一目瞭然となってしまうのを快しとしない女も多いだろう。それでも、どちらかの姓に統一しなければ、法律的にも結婚できない。そうやって結局は、女が姓を変えるのである。

一方で、姓が変わることをこの上もなく切望し、最高のステータスだと思っている女も少なくはない。昔の流行歌の一節に「あなたの苗字になるわたし～」というのがあった。やっと待ちに待った「あなたの苗字になれるのよ～」といった至福のニュアンスだ。こういう女は、苗字が変わることの不都合や、なぜ女ばかりが姓を変えているのかという根本的な問題などは考えたこともないだろう。

長年の慣習は、法律以上に拘束力を持つ。結婚して女が男の姓になるという慣習はこれから先もずっと続くであろう。戦後、民法が改正されて半世紀以上経った。しかし民法の改正は、慣習の前には無力だったと言っていいかもしれない。

本当に民法の言う、結婚したら「夫または妻の氏を称する」という状況にするためには、これから先の半世紀を、「結婚したら必ず妻の氏を称する」という条文に変えてしまうことだ。法律的に拘束されて、世の中が妻の姓になることが当然となってから「夫または妻の氏を称する」に変更すればよい。そうしてはじめて「姓」の平等が図られるというものだろう。

いま夫婦別姓が取りざたされている。夫婦別姓になれば、「姓」の問題はある程度解決するのかもしれない。姓を変えたくないという女がどれほどいるのか、私には想像できないが、夫婦別姓は「夫の姓にしてもよい」「妻の姓にしてもよい」「別々の姓にしてもよい」ということで、選択肢がひとつ増えることになる。「あなたの苗字になる」ことが幸せな人は、改姓することが禁止されるわけでもない。にもかかわらず、女たちの中に「夫婦別姓反対」という声があるのはなぜだろう。何も無理やり別姓にしろと言っているわけでもないのに。私はいま、その動向を興味深く見守っている。

妻にも親がいることを忘れるな

ある芸能人が、自分の親をよく介護してくれない妻に三行半をわたし、代わりに介護を専門に引き受けてくれる若い妻と結婚したという話題があった。前妻は、男と同じ芸能人だったので、仕事もあって男の親を十分に介護できなかったらしい。テレビでこの男と、前妻の会見を見ていて、「妻は、夫と夫の両親の二四時間介護人」と考えている典型的なケースだと思った。

こういう考えを少しでも持っている男には、夫から三行半をわたされるずっと前に、自分のほうから三行半をわたさなければいけない。

こういう男との将来はどうなるか。妻が終生夫の世話をし、夫の両親の介護を一手に引き受けさせられ、義理の両親のみならず、夫のことまでも介護せねばならない「死ぬまでただ働きの二四時間介護人」になることは明らかだ。こういう男にとって、妻が「自分の親と自分の介護人」でなくなったとき、ただの使い捨てカイロでしかなくなるのだ。使い古しは捨てて、新しいのと交換すればいいとしか考えていない。こういう男にとって妻とはそんな程度の存在である。

この場合、極論すれば妻とは「定年も報酬も自由もない奴隷」である。夫の親や夫が死ぬまで続く。そのストレスたるや想像に絶するものがある。妻自身がストレスゆえに先に死ぬこともあるかもしれない。もし夫より先に死んでしまえば、一生涯が奴隷のまま終わったことになる。それほどまでに夫に尽くしたいのか。それほど夫に惚れ込んでいるのか。私には不思議でならない。

当然のことながら、夫は自分の実の両親であっても、自分は介護などしない。それは妻がする仕事だからだ。家事にしても、食事の支度にしても、それはすべて妻の仕事だと考えている。これは終生、絶対に変わらない。

夫自身に介護が必要になったときは、もっと悲惨だ。

私の父が入院していたときのこと。同じ部屋に、介護が必要になった七〇代の老人が入院していた。その老人には、同じ年頃に見える妻が、毎日朝からつき添っていた。老人は、ありとあらゆる罵詈雑言を妻に浴びせかけ、「飯の食わせ方が悪い」だの、

「ティッシュの置き場所が違う」だの、くだらないことで怒鳴り散らしていた。七〇代らしい妻は、疲労困憊の様子で、泣きながら老人の世話に明け暮れていた。

わがまま放題に怒鳴り散らす夫。妻からスプーンでひとさじひとさじ、すくって食べさせてもらいながら悪態をつくその横っ面を、私は他人事ながらぶちのめしてやりたいと思いながら横目でにらんでいた。老人はまもなく死んだ。妻は、疲れきった表情の中に安堵の様子をにじませてこう言った。

「正直言って、ほっとしました」

バカバカしい！

自分の人生は何だったのだ。夫の介護のためだけにあったのか。こんな夫の両親はもとより、夫自身の介護など、真っ平ごめんだ。そう思わずにはいられない。この世代にそれを言うのは酷なことかもしれない。私たちの時代とは、社会も教育も違っていたのだから。しかしいま、私たちもそれでいいのかと問いたい。

こういう男は、妻の両親の介護など考えたこともないだろう。妻が、男の姓を名乗るようになった瞬間、妻の親とは縁が切れたと考えている。自分と自分の親のことしか考えていない。妻の親に介護が必要になったら、どこかの老人ホームにでも入れて、たまに行ってやればいいくらいにしか思っていない。そう思っているだけでもマシなくらいだ。妻に両親がいるということさえ、忘れ果てているような男もいる。

もし夫の親の介護を命じられたら、生みの親に自分がどれだけ世話になったのか、自分の親と夫の親を比較して介護を選択すべきだ。

結婚したら、妻の親をこそ大事にしなければならないと決心するくらいの男でなければ、結婚するに値しない。母の日、父の日、盆暮れに、自分の親には豪勢なプレゼントを贈り、妻の親はまったく眼中にない男は、結婚する資格がない。即座に法律的な手続きを取ったほうがいい。

夫が妻の両親に対して「生涯ただ働き二四時間介護人」になるくらいの覚悟がない場合は、妻ばかりが夫の両親の「生涯ただ働き二四時間介護人」になる義務などない。自分の親は、自分で介護しろということだ。

そして夫は、自分自身に介護が必要になったときは、誠心誠意、妻に頭を下げるべきである。妻に捨て去られても仕方がないという覚悟も必要だ。妻が、夫の介護をするか否かは、夫がどれだけ妻に尽くしたかで、妻自身が決めるだろう。または夫にどれだけの財力が残っているかで決めるかもしれない。

妻は、間違っても、夫の定年後に退職金を半分もらって別れりゃいい、などと安易な皮算用をしないことだ。これからの時代、退職金などないか、ないに等しいかもしれない。夫がそれまでにリストラされないという保証はない。最悪の場合、失業して遊んでいる夫を、パートタイムで働きながら食べさせていかなければならないという事態だって考えられる。しかも家事もしながらである。

夫が定年に達するまで、自分が健康で生きていられるかどうかの保証もない。生きていても健康でなければ、別れるだけの気力も体力もない。退職金が半分ほしいなどと欲張った気持ちは捨てるべきだ。自由と時間は金では買えない。それを念頭に置いて、夫の介護がはじまる前に決着をつけたほうがいい。

三〇過ぎても母親と風呂に入るマザコン男

時代錯誤の家庭で育った男も注意が必要だ。マザコン男が多いのである。私の「もと夫」は、田舎の農村の家庭で育った。そこでは、男はいまだに一家の家長として君臨している。家長の命令は絶対だ。妻も両親も子どもたちも、その将来さえ家長が決定する。その家では、時代が戦前で止まったままなのだ。

家庭内では、妻がもっとも身分が低い。妻が、夫にはもちろん、舅や姑にも意見を言うなどということはもってのほかである。重要なことでも相談などされない。「もと夫」は、そんな母親を見て育ったのだ。夫にも義理の両親にもかしずき、早朝から深夜まで牛馬のごとく働く母親。末息子をべったり愛することだけが、母親の唯一の生き甲斐だった。三人兄弟の末っ子に育った「もと夫」は、母親に溺愛され、自分もまた母親を溺愛していた。

夫にかしずきながら、自分を溺愛してくれた母親は、息子にとって強烈な究極的理想の女になる。自分の妻も、自分の母のようであるべきだと考える。結婚した夫が、少しでもマザコンの気配があれば、それは母親が、いま述べたような状況に置かれていたことがうかがい知れる。こういう男は、その気配に気づいた時点で捨てたほうがいい。

なぜなら、のちにこの母親（つまり妻から見ると姑）は、妻にとって強烈なガン細胞になることが間違いないからだ。非常に残念なことながら、ここに「女の敵は女」という構図が生まれてくるのである。

結婚してその家に入ってから、夫から奴隷のごとく使われ、虐げられてきた女は、「なぜ自分がここまでないがしろにされなければならないのか」という疑問を持つ思考さえも失っている。

「私はこの家の嫁としての責務を果たしてきた。当然、息子の嫁も同様にこの責務を果たすべきである」

最下位で辛苦をなめてきた古い嫁は、「息子の嫁」という、はじめて自分より目下（と思い込んでいる）者を迎えて、一段、位が上がる。いままで鬱積していた不満やらストレスやら怒りやらを一気に唯一自分より下位だと考えるもの、つまり新しい嫁にぶつけてくることになる。本来、自分の地位を上げるために使われるべきエネルギーは、すべて「息子の嫁をかつての自分と同様のものにする」ために注がれることになるのだろう。

それでなくても溺愛してきた息子を取り上げた、憎い、憎い女なのである。嫁の一挙一動が気に入らない。いままで自分が虐げられてきたことを、今度は嫁にする。

こういう姑とうまくやっていこうなどと、思っても無駄である。相手は常にアラ探しをしているだけで、嫁のよいところを見ようという目も持たなければ、認める気もない。そういう相手と仲よくしようなどと努力しているのなら、直ちにやめたほうがよい。それはまったくの無駄でしかない。このような姑は、息子に平伏し、崇め奉らないような女を許すことができない。嫁が自分の仕事を続けるために、息子の快適さを犠牲にするなどもってのほかである。

息子も息子で、自分の妻を守ることより、完全に母親の味方につく場合が多い。母親が自分の幸せを願っていることは明白な事実なのだから、母親に逆らうような女は自分にも逆らうとみなすのである。母親は息子にとって「究極の理想の女」だ。女対女の戦い、嫁姑戦争と言われる争いは世の中に絶えないようだが、たいていの場合、原因は夫であり息子である男にある。夫が妻の側に立ち、自分たち夫婦の問題に母親を介入させないような家庭はおおむね円満だろう。実際には、男は逃げの一手で逆に嫁姑戦争を拡大させる場合が多い。逃げの一手なら、まだマシなほうかもしれない。自分の母親と一緒に妻をいびるようになる夫もいる。

姑と一緒に住んでいないから大丈夫、などとのんきなことを言っているとひどい目に遭う。いまは携帯電話だのメールだの、文明の利器がたくさんある。夜、妻が寝たのを見計らって、布団にもぐって母親に携帯電話する男も多いのだ。携帯電話は本当に便利だ。仕事で外に出れば、いつでもどこでも母親に電話ができる。愚痴やら泣き言やら、ひとしきり母親にラブコールしたあと、母親が妻をやり込めてくれることを期待している。

職場にしても、いまは自分専用のパソコンが与えられている。それを使って、仕事中でも母親にメールができる。「仕事の最中に、母親にメールなんかするわけない。男はそんなことに関心ない」と言う男であるなら、まだまともに育てられてきたのだろう。

また、「年寄りが、パソコンなんか使うわけない」と言う人もいるかもしれない。しかし、それは大きな間違いである。見積もりが甘いとしか言いようがない。息子とメールができるのであれば、母親は必死でパソコンを覚える。メール機能だけでよいのだから、そう難しいことではない。

息子と、三日に明けず電話で長話をする姑（だった女）は、私に言った。

「幸平からメールで、あなたが実家に帰ったたって言ってきたわよ。あなた、何しに実家に行ったのよ。そんなにしょっちゅう実家に行く必要がどこにあるの」

「幸平が、あなたと喧嘩したって言ってたわよ。何が不満なのよ。実家に行って幸平のことを何でも悪く言ってるんでしょ」

電話口で矢継ぎばやに質問する姑。そのときはじめて、夫が職場で姑とメールのやり取りをしていることを知った。息子とメールをしたいがために、姑はパソコンを購入し、パソコン教室にも通っているという。ものすごい執念だ。

母親と一緒に暮らすなどと、平気で言い出す夫は、最初から自分の家庭を持つ資格などない。離れて暮らしていても、母親と妻の悪口に花を咲かせるような夫なら、いまから見切りをつけたほうがいい。そういう夫は、母親の言いなりという証拠だ。

妻に、よく母親の話をする男は、まずマザコンと見て間違いない。それがたとえ母親の悪口であっても、だまされてはいけない。母親を心底から悪く思っている息子はいない。自分の母親の悪口を言ってみて、妻の反応を見ているに過ぎない。妻が、「そんなことないわよ。いいおかあさんでしょ」と言ってくれるのを密かに待ちこがれている。「話し相手になってくれるのは、おまえだけだ」とおだて上げて、うまく同居するように持っていくだろう。そんな悪徳商法に乗ってはいけない。

結婚するまで、親と同居していた男もロクなものではない。自分の身の回りのこといっさいを母親にさせていたわけだから、妻はその母親の代わりにしか過ぎない。三〇歳過ぎても母親と一緒に風呂に入り、身体を洗ってもらう男だっていることを忘れてはならない。こんな男が結婚すると、これからは妻が、母親のやってくれたとおりにやってくれると信じている。

こんな家庭に、他人の女がひとりで飛び込んでいっても、妻という名の部外者でしかない。母と息子の密着ぶりを目の当たりにして、「マザコンだ、変態だ」などと非難しようものなら、「われわれは家族なのだ、おまえは赤の他人だ、不満なら出ていけばいいだろう」と言われるのが関の山だ。

他人である妻がひとりで憤ったところで、誰も相手にしない。話し合いにさえならない。説得も説明も、無駄な努力に終わる。そこに常識や道理はない。彼らは自分たちのやっていることを間違っているとか、何か違うかもしれないなど、露ほども疑ったことはないはずだ。

ぬいぐるみを抱いて寝る男や、母親をいまだに「ママ」と呼ぶような男。世間では信じられないような趣味や依存症がある男もいる。このような男たちは間違いなくマザコンだ。母親のほうでも、息子が自分をあがめ、自分に依存するように育てているのだからたまらない。生涯、息子は我がものとしておきたいのである。私も男の子の母親になった。次世代の女たちが職場でも家庭でもいきいきと生きていくために、男の子の教育は心してかからなければならないと考えている。

マザコン男は、生涯母親と一緒に暮らしたほうがいい。そのほうが、妻にとっても夫にとっても、姑にとっても幸せである。結婚した男がもしこんなふうだったら、着の身着のままでもすぐに逃げ出したほうがいい。そして、話し合いは、自分たちだけでしてはならない。調停員を介して法廷でやったほうがいい。常識的な人間に裁いてもらうのが最善だ。

離婚調停の申し立ては自分でできる

離婚調停の申し立ては、相手方（夫）の住所地の家庭裁判所（出張所）に届け出る。離婚調停の申し立ては、誰かにやってもらわなければできないものではない。自分でも簡単にできる。まず、夫の住所地を管轄する家庭裁判所がどこにあるのかを探すことが先決だ。それがわかったら、次の書類を用意して、第一歩を踏み出そう。

用意するものは、夫婦であることを証明する、戸籍謄本一通、収入印紙九〇〇円×二枚＝一八〇〇円分、八〇円切手一〇枚、そして印鑑である。収入印紙は、通常の離婚調停の場合は、九〇〇円だけでよいが、生活費の請求（婚姻費用の分担）については別途の請求になるのでさらに九〇〇円が必要になる。これだけ持って、とりあえず家庭裁判所に出かけてみよう。

このとき、誰でも持つ疑問が「弁護士は必要なのか」であろう。離婚の場合は、まず調停が先に行われ、それが不調に終わったときにはじめて裁判になる。裁判になれば弁護士は必要だが、調停の場合は、自分で申し立てることができるし、弁護士を伴わなくてもよい。調停の段階で、弁護士を頼む頼まないは、本人の自由。調停で弁護士をつけたら、もちろん弁護士費用が発生する。

裁判になると弁護士に依頼せざるを得ないので、できれば調停で決着をつけるのが得策だと思う。これは調停員からの助言だ。裁判になったからと言って、すぐに決着がつくわけではない。長い裁判のあと、結局は調停に差し戻されたり、調停よりもずっと不利な条件に合意せざるを得ない状況になったりする場合もあるからだ。

日本の裁判は、長くかかることが問題となっている。長くかかればそれだけ弁護士費用もかさむわけで、経済的にも身体的にも疲労が蓄積してくる。だからと言って相手の言いなりにはなるべきでない。絶対に譲れないところは、そう主張すべきだ。弁護士に頑張ってもらうしかない。

弁護士費用は、いかほどだろうか？　はっきり言って、これほど明確でないものはない。なぜなら弁護士報酬をいくらに設定するかは、その弁護士の自由だからだ。私が離婚調停の申し立てをした平成一三年当時には、上限の基準が設けられていたものの、その頃から報酬額はマチマチだった。

例えばある弁護士は、離婚調停の着手金（最初に弁護士に支払うもの）として三〇万円。調停の日当として都度三万円。成功報酬は別途。しかし若手弁護士は、着手金なし、成功報酬は一一万円だった。

私が依頼した弁護士は、裁判からお願いした（調停は私だけ）のだが、着手金一五万円。裁判所出頭の日当はなし。成功報酬は、二四万円だった。裁判の答弁書を作成してもらって、出頭回数は八回。これらが成功報酬に含まれていると思う。

弁護士によってこんなに違うのである。これらのことはもちろん、それぞれの離婚条件によっても変わってくるが、同じ条件でこれだけ報酬額が違うのだから、長引けばかなり負担額が違ってくるだろう。ちなみに離婚事件の着手金は、当時の報酬基準だと二〇～五〇万円だが、離婚交渉から調停まではその半分、裁判になった場合は、別途ということになっていた。

相手側から慰謝料を取った場合、ある弁護士会の基準では、その額が三〇〇万円以下ならば、その額の一六パーセント相当が弁護士の成功報酬（上限）だそうだ。もちろん金額によって変わる。三〇〇万円超～三〇〇〇万円以下は、その額の一〇パーセントが成功報酬（上限）になるという。

区や市の無料法律相談はどうだろう？　区や市の無料法律相談は、区役所に申し込みをして予約を取り、一週間後くらいに弁護士が相談に応じてくれる。前出のとおりこれは私の経験から言えば、ほとんどアテにならないと言っていい。まず三〇分程度の相談時間では、それまでの状況を説明することさえできない。答えるほうも、五分や一〇分で適切なアドバイスをすることなど無理だろう。結局のところ、「弁護士会に相談して弁護士を紹介してもらったら？」で終わってしまった。アドバイスも、「離婚」に関する市販の本を立ち読みすれば、わかるような内容だった。

弁護士に相談だけするとしたら、三〇分で五〇〇〇円が相場だそうだ。弁護士をつけないで裁判を起こし、ひとりで戦っている人もいる。「絶対に金をかけたくない」と言うのであれば、それも十分可能だろう。ただし、相当、勉強しなければならないことは言うまでもない。

何はともあれ離婚の準備

夫が暴力的だったり、酒乱だったり、浮気症だったり、浪費癖があるのだったら、すぐに離婚の準備をしたほうがよい。夫の横暴に耐える時間があれば、その時間を夫と縁を切るための行動に移すことに費やすべきである。

一刻もはやく、そんな生活から自分自身と子どもを避難させるのが先決だ。親、友人、駆け込み寺。どこでもいい。とりあえず生活場所を変えるのだ。いまの生活から解放されなければ、思考する能力は止まってしまう。とくに暴力を振るわれている場合などは、日常の恐怖で考える能力を失っているから、周りの人たちが助け出さねばならない。

夫と距離を置いて生活してから、今後の生活設計を考えるのだ。仕事に就くこと、調停を起こすこと、子どもの就学や保育園の手続きをすること……。「専業主婦をしてきたから、何もできない」では、状況は少しも改善しない。

夫と緊急に生活を別にしなくてもいい場合。つまり家庭内別居などをしていて、「子どもが大学を卒業するまで我慢する」などという場合も、それまでのあいだただ黙って耐え忍んでいることはない。離婚をすると決めた日までに、その後の人生のためにありとあらゆる資格を取得しておくのだ。それを「夫の収入で」手に入れられればベストだ。自分がパートや仕事をしていて収入がある場合も、それは自分名義の口座に貯めておいて、支出は夫の収入からする。

私は、顧問先の社長夫人から離婚の相談を受けたとき、「離婚を決行するまでに、なるべく多くの資格を身に着けてください」と申し上げた。娘が高校を卒業するまでにあと二年。社長夫人はまず車の免許を取った。もちろん夫の収入で、だ。

離婚したら、自分の食い扶持は自分で稼がなければならなくなる。子どもがいたら、その何倍もお金がかかる。資格は身を助けてくれる。手に職を持っていればなおさらいい。

区や市も生活の援助をしてくれる。まずは区や市に、どんな生活援助を受けられるのか相談することだ。子どもがいれば、児童扶養手当や保育所の保育料免除、医療費免除なども受けられる。国民年金も手続きをすれば、免除してもらえる。資格を取得するに当たっても、援助制度がある。あらゆるサポートを受けられるよう調べよう。

そして、手続きをすることからはじめよう。自分のために、子どものために、すぐに行動を起こそう。

エピローグ――子どものための離婚

不妊の原因は「男女半々」

「石女」と書いて、「うまずめ」と読む。子どもを産めない女のことをこう言うそうだ。実にバカげた熟語である。「石男」と書いて、「タネナシ」と読ませる熟語も必要だろう。

結婚して数年経っても子どもができない夫婦に、親や周囲は「子ども、まだできないの?」などと聞く。子どもが生まれないのは全面的に女の責任だというニュアンスだ。しかし、女が一方的に「石女」のごとく言われなければならない筋合いがどこにあるのだ。女が産めないのではなく、男に種がない場合も多い。

産婦人科医によれば、不妊症の原因は男女半々だという。女の場合は子宮内膜症だの、卵管が詰まっているだの、いろいろな原因がある。男の場合は、なかなか子どもができないとしたら、精子がないか、ないに等しい場合が多い。実際、無精子症や精子があっても受精できないくらいその数が少ない男が増えている傾向にあり、最近では不妊の原因が男に求められる場合のほうが多いと聞く。

女の不妊症の場合、子宮、卵巣、卵管に問題があっても外科的治療で治癒すれば妊娠は不可能ではない。それに対し、男に精子がない場合、妊娠は絶望的である。精子が皆無でなければ、私のように人工授精、体外受精という方法で妊娠できる場合もあるが、男の不妊症のほうが問題は深刻だと思う。

姑が嫁に対して「子ども、まだできないの?」などという質問をするのは、デリカシーに欠ける行為以外の何物でもない。はっきり言葉に出さずとも、子宝祈願のお守りを嫁にプレゼントするなど、もってのほかだ。女から女へのプレッシャーにほかならない。

そういう姑は、たいてい嫁が悪いと思っている。自分のせがれのほうが、「種なし」かもしれないなどとは、まず考えない。「もと夫」の親は、結婚した当日に「はやく子どもを産みなさいよ」と私に向かって言った。よくそんな無責任なことが言えたものである。結婚して数年経っても子どもができないのなら、自分のせがれに「種があるかどうか」調べるように言うのが筋だろう。

妻と夫、どちらに不妊の原因があっても、不妊治療を受けなければならないのは、女のほうなのだ。姑が大いばりで嫁に文句を言ったりするのは、大間違いだ。


二年。

調停、裁判という過程を経て、私は正式に夫と離婚した。

どうしても離婚するという私の前に、夫は、「それならば慰謝料をよこせ。毎月、電話やメールをよこせ。携帯の番号も教えろ、預金通帳はネットで一緒に管理できるようにしろ」とさまざまな要求をしてきた。当然のことながら、すべてそれらの要求は却下となった。

別れたもと妻に、いつまでもしつこくメールや電話を要求するなど、ストーカー行為以外の何物でもない。

私の両親が、「跡取り」ほしさに、離婚を仕向けたという夫の主張も、まるで聞き入れられなかった。裁判は、私の主張どおりの離婚となった。

思い起こしてみれば、私は、「もと夫」が酒乱だということに気がついた時点で、離婚を考えていた。しかし、いつも考えるだけでなかなか行動に移せなかった。このような決断には、やはり何らかのきっかけが必要なのかもしれない。私が離婚するための一歩を踏み出したのは、幸か不幸か、現代医学の進歩で私が妊娠したからだった。

よく子どもは「愛の結晶」と言うが、そういう夫婦の営みなどとは、まるで関係のないところで現代医学は進歩している。子どもをつくるために、医学はあらゆる手段を使ってその可能性に挑む。それは医学的な実績を上げるという目標のためであり、そこに「愛」などの情緒的なものが入り込む余地はない。

私にとってもしかりだ。私は自分の子どもがほしかった。それは「結晶」でも何でもない。自分の分身がほしかっただけで、いかなる手段を使っても、その目的を果たすことが先決だった。「夫婦関係よりも、俺を子どもを産むための道具としか考えていない」と、夫は抗議したが、それはそのとおりかもしれない。しかし、夫は道具にもならないくらい壊れていた。ろくに役にも立たない道具でありながら「道具としか考えていない」などとはお笑い種だ。できるのなら、ほかの優良な道具を用いたかったくらいだ。

しかしもし、そんなふうにして子どもができたとしても、それはそれで、親子での楽しい家庭をこれからつくり出していけばよい。世の中には不妊治療の結果、子どもに恵まれた夫婦がいくらでもいるのだから。お互いに愛情を持って信頼し合えるような夫婦であれば、子どもが生まれる過程がどうであろうと、望ましい親子になれるだろう。

私が離婚を決意したのは、不妊治療が直接の原因ではない。不妊治療の結果妊娠したことで、にわかに「子どもの父」としての夫の存在を見つめなおし、子どもを育てていく環境の一部として私たち夫婦のことを考えたからである。

酒乱癖のある男が、これから子どもに及ぼしていく悪影響や、夫にひとかけらの愛情もない妻が、その男との生活を続けることで子どもに及ぼしていくであろう悪影響は、「父親のない子どもになってしまう」というマイナスよりも、はるかに重大なマイナスだった。だから私は、微塵も離婚を迷うことはなかった。

ときに「子はかすがい」と言われることがある。夫婦が多少ギクシャクしても、子どもがいるから別れないでいるとか、子どものためになるのだから忍耐しろとか。この忍耐は、だいたいが妻側に求められるわけだから、もちろん承服できない。しかし、「子どものために」離婚しないという夫婦はけっこう多いのではないだろうか。ダシにされている「子ども」はいい迷惑だ。私にとっては「子どもが生まれた」ことが、かえって離婚の決意を固いものにした。こんな男が父親だと言われるのは、子どもにとって不幸だと感じたからである。

いま、私は自分の両親のもとで息子を育てている。よく笑い、よくしゃべる息子を眺めながら、離婚してよかったと、心からそう思っている。

これから先もひとりで仕事をしながら、この子を育てていくのは、確かに並たいていのことではないだろう。しかし、地獄の結婚生活に耐えながら、家事育児をしていくよりはずっと充実していると思う。

夫との結婚生活は地獄のようだったが、「我が子」という何にも替えがたい宝物を手に入れた。

離婚を罪だの、恥だのと言っている時代は終わっている。女性は、真に自分の価値と人生の意義を見出すべきだと思う。人生は自分のためにあるのだ。夫のためではない。夫に尽くす人生が美徳だと考えているのなら、それは、長い間の因習で洗脳されてしまっているからだ。因習から自らを解放し、自分にやさしい人生を考えなおしてほしい。

子どもがほしいのは、夫を好きだからか？

不妊治療は先が見えない。期待とむなしさを繰り返す。四〇歳を過ぎると、どこで自分にけじめをつけるかも決意しなければならない。身体に必要としない強い薬も心配だ。命に関わる副作用も覚悟しないといけない。

職場ではどんなに打たれ強い女性でも、こればっかりは本当に精神的に弱くなってしまう。

だから心のサポートが絶対に必要なのだ。それが自分のいちばん近くにいる人、「夫」であるべきことを、現在も不妊治療を受けている夫婦には強く進言したい。

私たちの離婚調停は、全面的に私の主張がとおったと言っていい。喜びで舞い上がっている私に、調停員がこう言った。

「幸平さんが、どうしてもわからない、確かめたいことがあるということなのですが」

あの男に何を説明したって、わからないことだらけだろう、むしろわかったことがあるのか聞きたいくらいだと私は思った。いまさら何が知りたいと言うのだ。

「幸平さんは、いまはもう、あなたの愛情がすっかり冷めてしまったことが、よくわかったと言っています。しかし、以前は、少なくとも結婚した当初は、あなたも幸平さんを好きだったわけでしょう。幸平さんを好きだからこそ、大変な思いをして幸平さんの子どもをほしいと思ったのでしょう?」

もっともな質問だ。調停員もたぶん、そう思っているに違いない。子どもが生まれるのは、男女の愛情の延長上にあると考えるのが自然だ。

しかし私は、夫が好きだから、この人の子がほしいと思ったことは一度もなかった。私の結婚は、最初から「子どもがほしいがため」の結婚だった。さらに不妊治療は、私を決定的に確信させた。私にとって子どもは「愛の結晶」と言うにはほど遠い。つらく苦しかった治療に耐えた結果、妊娠することに成功したという達成感そのものだった。

「妊娠です」

そのひとことを聞いたとき、私は病院と、医療スタッフに生涯、感謝してもし切れないくらいの気持ちでいっぱいだった。そのとき、この妊娠に夫が介入していたことなど、頭の片隅にも浮かばなかったのである。

あの男はそれでも、一瞬でも愛されていたときがあったと思いたいのだろうか。子どもは愛の結晶だと言ってほしいのだろうか。

私は答えた。

「私が妊娠に至る過程は、ただ、夫の精子を容器に入れて病院に運んだというだけでした。子どもがほしいという一念でした。その容器の精子が、他人のものとすり替えられていたとしても構いませんでした」

容器の中身は、塩だろうがコショウだろうが、本当は何だってよかった。生まれた子どもは、確かに私から生まれたのだ。私の分身であることに間違いない。それだけでよかった。

調停員は、机に顔を突っ伏して笑った。

「容器で運ぶだけ、ねぇ」

この言葉を、そのまま幸平に伝えたかどうかはわからない。おそらくあまりに気の毒で、伝えられなかっただろう。

不妊治療をしたら、誰でも私のような感覚になると言っているのではない。ただ不妊治療は、女性側に身体的な負担が大きいだけに、夫がいかに妻の精神的な支えになってやれるかで、夫婦の関係はよくも悪くもなることは否めないのだ。私の場合は、もともと良好とは言いがたかった夫婦間に決定的に亀裂が入ったのである。

夫は、生まれた子どもとはじめて対面したとき、子どもにこう言った。

「おまえも可哀想な奴だよ、こんなババァが母親でさ。おまえ、大きくなってみたら、がっくりだぞー！」

不妊治療を夫婦で乗り越えて、待望の子どもに恵まれたなら、妻に冗談でもこんなことは言ってはならない。喜びのあまり、冗談として口走ってしまったとしても、妻には決して冗談には聞こえない。妻に対する礼儀とねぎらいの言葉を忘れるという些細なことから、夫婦間にはひび割れが生じてくるのである。

どうしても子どもがほしいと思う人には、それぞれ理由がある。実家のプレッシャーから不妊治療に専念している妻もいるだろう。どうしても愛する夫の子どもがほしくて、不妊治療をしている妻もいるだろう。夫のためだから、苦しい不妊治療に耐えられるという人も数多い。そういう妻には、夫がしっかりサポートしてくれているに違いない。そういう努力の結果として、子どもに恵まれたなら、本当に夫婦で喜びを分かち合えるだろう。夫婦と子どもの新しい生活がスタートするのだ。これほど幸せなことはない。

私も結婚する前は、たとえ結婚するときに夫に愛情がなくたって、子どもが生まれて家族になったら、夫は必然的に、かけがえのない大切な人になるに違いないと思っていた。また、そうあるべきだといまでも思っている。

だから、そういうかけがえのない家族をつくることができなかったことは、本当はとても残念だ。いつか子どもには、こういう結果になった私の選択を話さなければならないだろう。それは決して、相手を非難するものではない。事実は事実として、そのまま伝えるつもりだ。

離婚は体力・精神力

離婚は、結婚よりもずっと体力と精神力を必要とする。結婚には「はずみ」や「勢い」というのもあるだろうが、離婚はそうは行かない。考え、悩み、苦しんだ末の決断である。

私は、ここで簡単に「離婚すればいい」などと述べてきたが、実は本当に大変なことだった。そうそう一筋縄ではいかない複雑な事情が、人それぞれにある。その一つひとつの足かせをはずして、自由を勝ち取るためには時間もかかる。多少のことにはくじけない精神力が必要である。相手のあの手この手の妨害や中傷にも耐えなくてはならない。やり返すだけのエネルギーも必要だ。それなりに体力もいる。経済的にも苦しい。

しかし相手は、「夫」という、ちっぽけな、たったひとりの人間なのだ。こんな奴から「自由になる」ことができないはずはない。離婚できないのは、戦わないからだ。

戦う姿勢を見せなければ、相手はいつまで経っても同じ土俵で話をしようとはしない。まずは口を開き、多くの人の意見を聞く。戦う姿勢を見せよう。

そこから必ず解決の糸口が見つかる。どうやって戦うのが最善の方法なのかが見えてくる。そして行動を起こす。夫に対して、宣戦布告するのだ。

戦う気力がないなら、一生飼い犬になっているしかない。食わせてもらうだけの犬に。

もう一度、自分の、人間として意義ある生涯を取り戻したいと思うのだったら、ぜひとも戦い抜いてほしい。女性の寿命は長い。結婚に失敗したと感じているすべての女性に、自由を勝ち取って、今度は本当に自分のための人生を謳歌してほしいと思っている。

著者プロフィール

宮崎 園子（みやざき そのこ）

北海道生まれ。
北海道大学卒業。
現在税理士・ファイナンシャルプランナー。

夫に烙印を押すとき 私らしく生きるために、耐える妻から卒業しよう

2005年2月15日 初版第1刷発行

著 者 宮崎 園子
発行者 瓜谷 綱延
発行所 株式会社文芸社
〒160-0022 東京都新宿区新宿1－10－1
電話 03-5369-3060（編集）
03-5369-2299（販売）

印刷所 図書印刷株式会社

ISBN4-8355-8133-4